EDIÇÕES BESTBOLSO

A rua das ilusões perdidas

John Steinbeck (1902-1968) construiu um lugar significativo na literatura americana como escritor compromissado com as questões de seu país. Trabalhadores, pessoas comuns e os dramas sociais que os cercam sempre foram o objeto de sua literatura. O autor escreveu sobre a consciência americana e tornou-se célebre por seus textos de teor social e pela delicadeza com que tratou temas difíceis, como a pobreza durante a depressão dos anos 1930. Como um dos grandes escritores do século XX, destacou-se com dois cobiçados prêmios literários concedidos em todo o mundo: Pulitzer e Nobel. Além de *A rua das ilusões perdidas*, a BestBolso publicou *As vinhas da ira* e *A pérola*.

John Steinbeck

A rua das ilusões perdidas

Tradução de
A. B. PINHEIRO DE LEMOS

5ª edição

RIO DE JANEIRO – 2023

CIP-BRASIL. CATALOGAÇÃO NA PUBLICAÇÃO
SINDICATO NACIONAL DOS EDITORES DE LIVROS, RJ

S834r
5ª ed.

Steinbeck, John, 1902-1968
A rua das ilusões perdidas / Steinbeck, John; tradução A. B. Pinheiro de Lemos. – 5ª ed. – Rio de Janeiro: BestBolso, 2023.
12x18 cm.

Tradução de: Cannery Row
ISBN 978-85-7799-240-9

1. Romance americano. I. Lemos, A. B. Pinheiro de. II. Título.

14-12895

CDD: 813
CDU: 821.111(73)-3

A rua das ilusões perdidas, de autoria de John Steinbeck.
Título número 388 das Edições BestBolso.
Texto revisado conforme o Acordo Ortográfico da Língua Portuguesa de 1990.

Título original norte-americano:
CANNERY ROW

Copyright © 1945 by John Steinbeck
Copyright da tradução © by Distribuidora Record de Serviços de Imprensa S.A.
Direitos de reprodução da tradução cedidos para Edições BestBolso, um selo da Editora Best Seller Ltda. Distribuidora Record de Serviços de Imprensa S. A. e Editora Best Seller Ltda são empresas do Grupo Editorial Record.

Nota do editor: Publicado originalmente no Brasil com o título *Caravana de destinos* (1945) e posteriormente como *A rua das ilusões perdidas* (1946), ambos pela Editora Record.

www.edicoesbestbolso.com.br

Design de capa: Sérgio Campante com imagem de Ben Shahn (1898-1969) intitulada "Men loafing, Crossville, Tennessee, 1937" (Biblioteca do Congresso Americano, Washington).

Todos os direitos reservados. Proibida a reprodução, no todo ou em parte, sem autorização prévia por escrito da editora, sejam quais forem os meios empregados.

Direitos exclusivos de publicação em língua portuguesa para o Brasil em formato bolso adquiridos pelas Edições BestBolso um selo da Editora Best Seller Ltda. Rua Argentina 171 – 20921-380 – Rio de Janeiro, RJ – Tel.: (21) 2585-2000.

Impresso no Brasil

ISBN 978-85-7799-240-9

*Para Ed Ricketts,
que sabe por que
ou deveria*

CANNERY ROW
(ou a rua das ilusões perdidas)

Cannery Row, em Monterey, Califórnia, é um poema, um mau cheiro, um rangido, uma qualidade de luz, uma tonalidade, um hábito, uma nostalgia, um sonho. Cannery Row é o ajuntamento confuso e tumultuado, em estanho, ferro e ferrugem, madeiras lascadas, calçadas rachadas, terrenos baldios cobertos de mato e pilhas de lixo, de fábricas de sardinha de ferro corrugado, tabernas imundas, restaurantes e bordéis, pequenas mercearias sempre atulhadas, laboratórios e albergues ordinários. Os habitantes são, como disse o homem certa ocasião, "meretrizes, cafetões, jogadores e filhos da puta", pelo que se referia a Todo Mundo. Se o homem tivesse olhado por outro ângulo, poderia dizer "santos e anjos, mártires e abençoados" e significaria a mesma coisa.

Pela manhã, quando a frota de sardinhas pega um cardume, as traineiras balançam pesadamente baía adentro, soando os apitos. Os barcos carregados chegam à costa, onde as fábricas mergulham o rabo na baía. A imagem é cuidadosamente escolhida, pois se as fábricas mergulhassem suas bocas na baía as sardinhas enlatadas que emergem do outro lado seriam metaforicamente, pelo menos, ainda mais horripilantes. Os apitos das fábricas começam então o seu berreiro e homens e mulheres se metem em suas roupas e descem correndo para a Row, a fim de trabalhar. Carros reluzentes trazem as chamadas classes superiores, os superintendentes, contadores, os proprietários, que desaparecem em seus escritórios. A cidade despeja na Row os seus carcamanos, chinas e polacos, homens e mulheres de calça, casaco de borracha e avental de oleado. Chegam às pressas para limpar, cortar, cozinhar e enlatar o peixe. A rua inteira ressoa e resmunga, range e chocalha, enquanto os rios prateados de peixe são despejados dos barcos, que vão subindo cada vez mais na água, até ficarem vazios. As fábricas estrondeiam, sacodem-se e rangem, até que o último peixe esteja limpo e cortado, cozinhado e enlatado. Depois, os apitos soam novamente e, suados, malcheirosos, cansados, carcamanos, chinas e polacos, homens e mulheres, deixam as fábricas e tornam a subir a ladeira, quase se arrastando de volta à cidade. Cannery Row volta a ser ela mesma, tranquila e mágica. Recupera a vida normal. Os vagabundos, que se retiraram em desgosto para baixo do cipreste preto, voltam a sentar nos canos enferrujados do terreno baldio. As garotas da Dora saem para pegar um pouco de sol, se algum houver. Doc deixa o Laboratório Biológico Ocidental e atravessa a rua até a mercearia de Lee Chong, a fim de comprar cerveja. Henri, o pintor, fareja como um sabujo entre os refugos no mato alto do terreno baldio à procura de um pedaço de metal ou madeira para o barco que está construindo. E depois a escuridão se aproxima e o lampião se acende diante da casa de Dora – o lampião que projeta um luar permanente sobre Cannery Row. Chegam os visitantes ao Laboratório Biológico para falar com Doc e ele torna a atravessar a rua, voltando a Lee Chong para comprar mais cerveja.

Como se pode dar vida ao poema e ao mau cheiro, ao rangido, à qualidade de luz, tonalidade, ao hábito e ao sonho? Quando se coleta animais marinhos, descobre-se que existem determinadas espécies de platelmintos que são quase impossíveis de se capturar inteiros, pois se partem e se esfrangalham ao contato. Deve-se deixar que escorram e se arrastem por sua própria vontade para cima de uma lâmina, transferindo-se em seguida, com extremo cuidado, para um vidro de água salgada. E talvez seja essa a maneira de escrever este livro, abrir a página e deixar que as histórias se apresentem por sua livre e espontânea vontade.

1

A mercearia de Lee Chong podia não ser um modelo de arrumação e asseio, mas era um milagre em formas de suprimento. Era pequena e atulhada, mas dentro de sua única sala um homem podia encontrar tudo o que precisava ou queria para viver e ser feliz: roupas, alimentos, tanto frescos como enlatados, bebidas, tabaco, equipamento de pesca, ferramentas, barcos, cordames, gorros, costeletas de porco. Podia-se comprar na loja de Lee Chong um par de chinelos, um quimono de seda, uma garrafa pequena de uísque e um charuto. Podia-se imaginar combinações para atender a quase todos os ânimos. O único artigo que Lee Chong não oferecia podia ser encontrado no outro lado do terreno baldio, na casa de Dora.

A mercearia abria ao amanhecer e só fechava depois que o último níquel fosse gasto ou guardado para a noite. Não que Lee Chong fosse ganancioso. Não o era, mas se alguém estava querendo gastar dinheiro, estava sempre disponível. A posição de Lee na comunidade surpreendia-o bastante. Ao longo dos anos, todos em Cannery Row haviam lhe devido dinheiro. Lee não pressionava os clientes. Mas quando a conta ficava alta demais, tratava de cortar o crédito. Para não ter de subir a ladeira até a cidade, o cliente geralmente pagava a conta. Ou pelo menos tentava.

Lee tinha o rosto redondo e era sempre cortês. Falava um inglês pomposo, sem jamais usar a letra R. Quando as guerras dos *tongs* explodiam na Califórnia, Lee volta e meia descobria que sua cabeça estava a prêmio. Nessas ocasiões, partia secretamente para São Francisco e se internava num hospital, até que a crise passasse. Ninguém sabia o que fazia com o seu dinheiro. Talvez não o tivesse. Era possível que toda a sua riqueza estivesse em contas por pagar. Mas vivia bem e tinha o respeito dos vizinhos. Confiava nos clientes, até o ponto em que mais confiança se tornava algo ridículo. Havia ocasiões em que cometia erros nos negócios, mas até disso tirava algum proveito, pelo menos em boa vontade, se não de outras formas. Era o caso do Albergue e Restaurante Palace. Qualquer outra pessoa que não Lee Chong teria considerado a transação como uma perda total.

O posto de Lee Chong na mercearia ficava por trás do balcão da charutaria. A caixa registradora, à sua esquerda, e o ábaco, à direita. Dentro do balcão de vidro ficavam os charutos marrons, os cigarros, o Bull Durham, a mistura Duke's, o Five Brothers. Atrás, nas prateleiras na parede, estavam as garrafas de todos os tamanhos de Old Green River, Old Town House, Old Colonel e o predileto de todos, Old Tennessee, um uísque *blended* com a garantia de envelhecimento de quatro anos, muito barato e tão conhecido na vizinhança como Old Tennis Shoes. Não era sem razão que Lee Chong sempre se interpunha entre o uísque e o freguês. Algumas mentes mais práticas volta e meia tentavam desviar a atenção dele para outra parte da loja. Primos, sobrinhos, filhos e noras ficavam a postos no lugar, mas Lee jamais deixava o balcão da charutaria. O tampo de vidro era a sua escrivaninha. As mãos gordas e delicadas repousavam em cima dele, movendo-se irrequietas, como pequenas salsichas. No dedo médio da mão esquerda havia uma aliança de ouro larga. Era a sua única joia e com ela batia silenciosamente na almofada de borracha de troco, cujas pequenas pontas de borracha há muito estavam gastas. A boca de Lee era grande e benevolente, o brilho dourado quando sorria era profuso e generoso. Ele usava óculos de meia-lua. Como só avistava as coisas através dos óculos, tinha de inclinar a cabeça para trás a fim de olhar a distância. Juros e descontos, soma, subtração, tudo ele calculava no ábaco com os dedos grossos e irrequietos, enquanto os olhos castanhos vasculhavam amistosamente a loja, os dentes brilhando para os fregueses.

Uma noite, quando estava em seu posto, com os pés sobre uma pilha de jornais para mantê-los aquecidos, Lee refletiu, com humor e tristeza, sobre uma transação comercial que fora consumada naquela tarde e arrematada ao cair da noite. Quando se deixa a mercearia, seguindo-se em diagonal pelo terreno baldio coberto de mato, desviando-se dos grandes tubos enferrujados que as fábricas de sardinhas jogaram fora, encontra-se uma trilha. Embrenhando-se por essa trilha, passando pelo cipreste, atravessando os trilhos do trem, subindo por um caminho tortuoso, chega-se a uma construção comprida e baixa, por muito tempo usada como depósito para peixe seco. Não passava de um único cômodo, grande e coberto, que pertencia a um cavalheiro atormentado que se chamava Horace Abbeville. Horace tinha duas esposas e seis filhos. Ao longo de alguns anos, conseguira, através de súplica e persuasão, acumular uma dívida de mercearia que não perdia para ninguém em Monterey. Naquela tarde, ele entrara na mercearia, o rosto sensível e cansado titubeando diante da expressão de firmeza que Lee assumira, com seus dedos grossos tamborilando sobre a almofada de borracha. Horace pusera as mãos em cima do balcão, as palmas para cima, dizendo simplesmente:

– Creio que lhe devo muito dinheiro.

Os dentes de Lee brilharam, em apreciação por uma abordagem tão diferente de tudo o que já ouvira antes. Ele assentira gravemente, mas permanecera em silêncio, aguardando que o novo truque fosse revelado.

Horace umedecera os lábios, um bom trabalho, a língua indo de canto a canto.

– Detesto ver meus filhos com essa dívida suspensa sobre a cabeça deles. Aposto que não os deixaria levarem uma caixinha de pastilhas de hortelã neste momento.

A expressão de Lee Chong concordara com essa conclusão.
– Muita grana.
Ao que Horace acrescentara:
– Conhece a minha propriedade, no outro lado dos trilhos, onde fica o peixe seco.
Lee tornara a assentir. O peixe seco era dele.
E Horace continuara, ansiosamente:
– Se eu lhe ceder a propriedade... estaria disposto a cancelar minha dívida?

Lee Chong inclinara a cabeça para trás, contemplando Horace através dos óculos de meia-lua, enquanto a mente repassava rapidamente as contas e a mão direita se movia velozmente pelo ábaco. Levara em consideração que a construção era frágil, mas o terreno podia ser valioso, se alguma fábrica resolvesse se expandir, e tomara uma decisão:
– Claro.
– Pois então vamos acertar as contas e lhe farei uma nota de venda da propriedade.

Horace parecia estar apressado.
– Não precisa de papéis – dissera Lee. – Basta uma nota englobando tudo.

Terminaram a transação com dignidade e Lee Chong abrira uma garrafa de Old Tennis Shoes. Depois, Horace Abbeville, muito empertigado, atravessara o terreno baldio, passando pelo cipreste e pelos trilhos, subindo o caminho tortuoso. Entrara na construção que antes lhe pertencera e se matara com um tiro, em cima de uma pilha de peixe seco. E embora nada disso tenha a ver com esta história, depois do suicídio nenhuma criança Abbeville, não importando quem fosse a mãe, jamais careceu de uma pastilha de hortelã para adocicar.

Mas voltemos àquela noite. Horace estava sobre a mesa de cavaletes, espetado pelas agulhas de embalsamar. As esposas estavam sentadas nos degraus da casa, enlaçadas (eram boas amigas, até o enterro, quando dividiram os filhos e nunca mais voltaram a se falar). Lee Chong estava atrás do balcão da charutaria, os olhos castanhos virados para dentro, no sereno e eterno pesar chinês. Sabia que nada poderia ter feito, mas desejava ter previsto e talvez tentado ajudar. Era uma parte arraigada da bondade e compreensão de Lee o reconhecimento do direito inviolável de um homem em se matar. Mas, às vezes, um amigo pode tornar tal ato desnecessário. Lee já contribuíra para as despesas do funeral e enviara uma cesta de gêneros para as famílias desoladas.

Agora, Lee Chong era o dono da propriedade Abbeville, um bom teto, um bom assoalho, duas janelas e uma porta. É verdade que estava empilhada até o teto com peixe seco, o cheiro insinuante e penetrante. Lee Chong pensou em usar a construção como depósito para mercadorias, mas logo mudou de ideia, ao avaliar melhor. Ficava muito longe e qualquer um podia entrar pela janela. Estava batendo na almofada de borracha com a aliança de ouro, considerando o problema, quando a porta se abriu e Mack entrou. Mack era o mais velho, o líder, o mentor e, até certo ponto, o explorador de um pequeno grupo de homens, que tinham em comum o fato de não terem família, dinheiro ou ambições além de comida, bebida e algumas satisfações, o que representava o pleno contentamento. Mas enquanto a maioria dos homens em busca de pleno contentamento acaba destruindo a si mesma e fica muito além do objetivo, Mack e seus amigos procuravam o contentamento de forma casual, calma e o absorviam gentilmente. Mack e Hazel, um rapaz de imensa força, Eddie, que ocasionalmente trabalhava como *bartender* em La Ida, Hughie e Jones, que volta e meia pegavam rãs e gatos para o Laboratório Biológico, viviam atualmente nos grandes tubos enferrujados no terreno baldio ao lado da mercearia de Lee Chong. Isto é, viviam nos tubos quando estava frio e úmido. Mas se o tempo era bom, viviam à sombra do cipreste no alto do terreno. Os galhos dobravam para baixo e formavam um dossel, sob o qual um homem podia deitar e contemplar o movimento e a vitalidade de Cannery Row.

Lee Chong se empertigou ligeiramente quando Mack entrou na mercearia. Correu os olhos rapidamente pela loja, para certificar-se de que Eddie, Hazel, Hughie ou Jones não haviam entrado também, afastando-se entre as mercadorias.

Mack abriu o jogo com uma sinceridade cativante.

– Lee, Eddie, eu e outros soubemos que é agora o dono da propriedade Abbeville.

Lee Chong limitou-se a assentir e ficou esperando.

– Meus amigos e eu pensamos que seria uma boa ideia pedir-lhe para nos mudarmos para lá. – Mack percebeu a expressão de Lee e apressou-se em acrescentar: – É claro que vamos tomar conta da propriedade. Não vamos deixar ninguém quebrar ou estragar coisa alguma. Afinal, as crianças estão sempre quebrando janelas, não é mesmo? E a construção sempre pode pegar fogo, se não houver alguém vigiando.

Lee inclinou a cabeça para trás e fitou Mack nos olhos, pelos óculos, os dedos diminuindo o ritmo, enquanto pensava intensamente. Nos olhos de Mack havia boa vontade e boas intenções, um desejo intenso de fazer todos felizes. Por que então Lee Chong sentia-se ligeiramente acuado? Por que então sua mente parecia estar avançando tão cuidadosa e delicadamente como um gato à espreita? A proposta fora apresentada suavemente, quase num espírito de filantropia. A mente de Lee se adiantou para as possibilidades... ou melhor, as probabilidades, o ritmo dos dedos diminuindo ainda mais. Imaginou-se a recusar o pedido de Mack e contemplou todas as vidraças quebradas. Depois, Mack ofereceria uma segunda oportunidade de tomar conta e preservar a propriedade de Lee. À segunda recusa, Lee podia sentir o cheiro da fumaça, ver as chamas subirem pelas paredes, Mack e seus amigos tentariam ajudar a extinguir o incêndio. Os dedos de Lee pararam sobre a almofada de borracha. Estava derrotado e sabia disso. Não lhe restava alternativa que não salvar as aparências e provavelmente Mack reagiria com a maior generosidade. Lee indagou:

– Pagariam um aluguel pela minha propriedade? Viveriam lá como se fosse um hotel?

Mack sorriu jovialmente e foi de fato generoso, exclamando:
– Ei, é uma ideia e tanto! Quanto?

Lee pensou por um momento. Sabia que não fazia a menor diferença o quanto cobrasse, pois não ia mesmo receber. Sendo assim, o ideal seria pedir uma quantia digna, para manter as aparências

– Cinco dólares por semana.

Mack representou o personagem até o fim.

– Vou ter de conversar com os rapazes a respeito – disse ele, em tom de dúvida. – Não pode baixar para quatro dólares por semana?

– Cinco dólares – insistiu Lee, firmemente.

– Vou conversar com os rapazes.

E foi assim que aconteceu. Todos ficaram felizes. E se alguém pensar que Lee Chong sofreu uma perda total, saiba que não foi essa a conclusão a que ele chegou. As janelas não foram quebradas. Não irrompeu um incêndio. E embora o aluguel jamais fosse pago, se os inquilinos tinham algum dinheiro, o que frequentemente acontecia, diga-se de passagem, não lhes passava pela cabeça gastá-lo em outro lugar que não a mercearia de Lee Chong. O que ele tinha, na verdade, era um grupo de fregueses potencialmente ativos sob o seu domínio. E o relacionamento não ficava somente nisso. Se um bêbado começava a criar problemas na loja, se os garotos de New Monterey apareciam com intenções de saquear, tudo o que Lee Chong precisava fazer era chamar seus inquilinos que vinham prontamente em seu socorro. Um outro vínculo adicional se estabeleceu: não se pode roubar do benfeitor. A economia de Lee Chong em latas de feijão, tomates, leite e melancias mais que compensava o aluguel. E se houvesse um súbito e acentuado desaparecimento de mercadorias nas mercearias de New Monterey, isso não era problema de Lee Chong.

Os rapazes se mudaram e o peixe seco foi removido. Ninguém sabe quem deu o nome à casa, mas a partir desse momento foi sempre conhecida como o Albergue e Restaurante Palace. Nos tubos e sob o cipreste não havia lugar para móveis e as pequenas amenidades que constituem não apenas o diagnóstico, mas também as fronteiras da nossa civilização. Assim que se instalaram no Palace, os rapazes se puseram a mobiliá-lo. Uma cadeira logo apareceu, depois uma cama de lona e outra cadeira. Uma loja de ferragens forneceu uma lata de tinta vermelha sem relutância, já que nunca soube disso. Assim que uma nova mesa ou algum banco aparecia, era imediatamente pintado, o que não apenas seria para embelezar, mas também para disfarçar, até certo ponto, caso algum antigo dono por lá se apresentasse. O Palace começou a funcionar. Os rapazes podiam sentar diante da porta, olhar através dos trilhos e do terreno baldio, contemplando as janelas do Laboratório Biológico no outro lado da rua. Podiam ouvir a música que saía do laboratório à noite. E os olhos acompanhavam Doc quando atravessava a rua para ir comprar cerveja na Lee Chong. Mack comentava:

– Esse Doc é um bom sujeito. Precisamos fazer alguma coisa por ele.

2

O Verbo é um símbolo e um prazer que suga os homens e as cenas, árvores, plantas, fábricas e chineses. Depois, a Coisa se torna o Verbo e volta a ser a Coisa, mas deformada e entrelaçada num modelo fantástico. O Verbo suga Cannery Row, a digere e a vomita. A Row assume então o tremeluzir do verde mundo e dos mares que refletem os céus. Lee Chong é mais que um merceeiro chinês. Só pode ser. Talvez seja o mal equilibrado e mantido em suspenso pelo bem, um planeta asiático fixado em sua órbita pela pressão de Lao-Tsé e afastado de Lao-Tsé pela força centrífuga do ábaco e da caixa registradora – Lee Chong, suspenso, girando, turbilhonando entre mercadorias e fantasmas. Um homem implacável com uma lata de feijões; um homem brando com os ossos do avô, pois Lee Chong escavou a sepultura em China Point, encontrando os ossos amarelados, os cabelos grisalhos viscosos ainda grudados no crânio. E Lee arrumou cuidadosamente os ossos, fêmures e tíbias retos, o crânio, cercado pela bacia e clavícula, as costelas se curvando nos lados. Depois, Lee Chong despachou o corpo encaixotado e quebradiço pelos mares ocidentais, a fim de finalmente repousar no solo que seus ancestrais haviam tornado sagrado.

Mack e os rapazes também giram ao redor de suas próprias órbitas. São as Virtudes, as Graças, as Beldades em meio à loucura distorcida e apressada de Monterey; a Monterey cósmica em que homens dominados pelo medo e pela fome destroem seus estômagos na luta para garantirem certos alimentos, em que homens famintos de amor destroem tudo o que é digno de amor ao seu redor. Mack e os rapazes são as Beldades, as

Virtudes, as Graças. No mundo dominado por tigres com úlceras, escarvado por touros impacientes, devastado por chacais impiedosos, Mack e os rapazes convivem delicadamente com os tigres, afagam as novilhas frenéticas e levam as migalhas para alimentar as gaivotas de Cannery Row. De que serve a um homem conquistar o mundo inteiro e voltar para sua casa com uma úlcera gástrica, a próstata arrebentada e óculos bifocais? Mack e os rapazes evitam a armadilha, contornam o veneno e passam por cima do laço, enquanto uma geração de homens acuados, envenenados e prisioneiros esbraveja com eles, grita que não prestam, não servem para nada, são miseráveis, ladrões, patifes, vagabundos. Nosso Pai que está na natureza, que concedeu o dom da sobrevivência ao coiote, ao rato comum, ao pardal, à mosca e à mariposa, deve ter um grande e irresistível amor pelos chamados imprestáveis, os vagabundos, gente como Mack e os rapazes. Virtudes e graças, indolência e contentamento. Nosso Pai que está na natureza.

3

A mercearia de Lee Chong fica à direita do terreno baldio (ninguém sabe dizer por que é chamado de baldio, quando serve para se jogar fora velhas caldeiras, tubos enferrujados, madeiras imprestáveis e latas de cinco galões). Nos fundos do terreno baldio, no alto, ficam os trilhos e o Palace. Faz fronteira à esquerda o bordel austero e solene de Dora Flood, uma casa de prazeres decente, limpa, honesta, antiquada, onde um homem pode tomar calmamente sua cerveja, entre amigos. Não se trata de uma espelunca escusa, dessas que procuram arrancar o máximo de dinheiro da freguesia, mas sim de um clube virtuoso e inflexível, criado, mantido e disciplinado por Dora, madame e garota por cinquenta anos, que através do exercício de talentos especiais de tato e honestidade, caridade e um certo realismo, fez-se respeitada pelos inteligentes, eruditos e generosos. E pelas mesmas qualidades, Dora tornou-se odiada pela irmandade distorcida e lasciva de puritanas casadas, cujos maridos respeitam o lar, mas não o apreciam muito.

Dora é uma grande mulher, uma grande e imensa mulher, com fulgurantes cabelos alaranjados e um gosto todo especial por vestidos verdes e compridos. Mantém uma casa honesta, de preços tabelados, não vende bebidas mais fortes, não permite gritarias ou ditos vulgares. Entre as garotas, algumas são consideravelmente inativas, em decorrência de idade e enfermidades. Mas Dora nunca as afasta, embora, como ela própria diz, elas não cheguem a conquistar três fregueses por mês, mas continuam a fazer três refeições por dia. Num momento de apaixonada cidadania, Dora batizou a sua casa de Restaurante

Bear Flag. Diz-se que não são poucos os homens que vão até lá para comer um sanduíche. Há normalmente 12 garotas no estabelecimento, incluindo as mais velhas, um cozinheiro grego e um homem que é conhecido como vigia, mas que se encarrega das mais variadas tarefas, até as delicadas e perigosas. É ele quem acaba com as brigas, expulsa os bêbados, acalma as histerias, cura dores de cabeça e toma conta do bar. Também faz curativos em talhos e contusões, e passa o dia conversando com os guardas. Como mais da metade das garotas é formada por Cientistas Cristãs, ele lê em voz alta, nas manhãs de domingo, a sua cota de *Science and Health*. Seu antecessor, sendo um homem não tão bem equilibrado, teve um triste fim, como será relatado mais adiante. Alfred, porém, triunfou sobre o ambiente e acabou impondo o que trazia consigo. Sabe quais os homens que devem estar lá e os que não devem. Conhece mais sobre a vida doméstica dos cidadãos de Monterey que qualquer outra pessoa da cidade.

Quanto a Dora... leva uma existência precária. Estando contra a lei, pelo menos contra seu texto, deve ser duas vezes mais respeitadora da lei que qualquer outra pessoa. Em seu estabelecimento, não pode haver bêbados, brigas ou desatinos, caso contrário pode ser fechado. E por ser ilegal, Dora também precisa ser especialmente filantrópica. Todos lhe dão uma mordida. Se a polícia promove um baile para engrossar seu fundo de pensão e todos contribuem com um dólar, Dora tem que dar cinquenta dólares. Quando a Câmara de Comércio resolveu melhorar seus jardins, cada comerciante teve de entrar com cinco dólares para as despesas. Mas a quantia que pediram a Dora – e que ela deu – foi de cem dólares. Com as demais é a mesma coisa, quer se trate da Cruz Vermelha, Ação Social ou Escoteiros. A lista de donativos é sempre liderada pelas contribuições de Dora, jamais decantadas, jamais celebradas, o dinheiro vergonhoso do pecado. Durante a Depressão, Dora foi profundamente afetada. Além das caridades habituais, passou a cuidar das crianças famintas de Cannery Row, ajudando os pais desempregados e as mulheres angustiadas, pagando contas de mercearia a torto e a direito, durante quase dois anos, quase falindo totalmente no processo. As garotas de Dora são bem treinadas e sempre agradáveis. Nunca falam com um homem na rua embora possam tê-lo encontrado na noite anterior.

Antes que Alfy, o atual vigia, assumisse, houve uma tragédia no Bear Flag que entristeceu a todos. O vigia anterior chamava-se William, era um homem moreno, de aparência solitária. Durante o dia, quando seus deveres eram poucos, sempre acabava se cansando da companhia feminina. Pelas janelas, podia avistar Mack e os rapazes sentados nos tubos enferrujados no terreno baldio, os pés balançando sobre o mato e tomando sol, enquanto discursavam lenta e filosoficamente sobre questões de interesse, mas sem qualquer importância. De vez em quando, ao observá-los, William via quando pegavam uma garrafa de Old Tennis Shoes, limpavam o gargalo na manga e tomavam um trago, um depois do outro. E William começou a desejar poder se juntar àquele grupo tão atraente. Um dia, ele saiu e foi sentar em um dos tubos. A conversa cessou no mesmo instante, um silêncio inquieto e hostil dominou o grupo. Depois de algum tempo, William voltou ao Bear Flag, desconsolado. Pela janela, viu que a conversa recomeçava, o que o deixou profundamente triste. Tinha uma expressão sombria e feia, a boca distorcida pelo desespero.

No dia seguinte, ele foi novamente para o terreno baldio, desta vez levando uma garrafa de uísque. Mack e os rapazes tomaram o uísque, pois afinal não eram tão doidos assim. Mas toda a conversa se resumiu a comentários esparsos de "Boa sorte" e "Está muito bom".

William voltou ao Bear Flag e ficou observando o grupo pela janela. Ouviu Mack altear a voz e dizer:

– Com todos os diabos, tenho horror a cafetão!

O que obviamente não era verdade, embora William não o soubesse. Mack e os rapazes simplesmente não gostavam de William.

O coração do segurança se despedaçou. Os vagabundos não o aceitavam socialmente. Achavam que ele estava muito abaixo deles. William sempre fora introspectivo e sempre se autocondenara. Pôs o chapéu e saiu andando à beira-mar, seguindo para o farol. Parou no pequeno e aprazível cemitério, onde sempre se pode ouvir o barulho das ondas. William acalentava pensamentos sombrios e tenebrosos. Ninguém o amava. Ninguém se importava com ele. Podiam chamá-lo de vigia, mas era no fundo um cafetão, um cafetão repulsivo, a coisa mais indigna que havia no mundo. Mas logo pensou que tinha o direito de viver e ser feliz, como todo mundo. Era um direito que lhe fora concedido por Deus. Começou a voltar, furioso, mas a ira já havia se dissipado quando chegou ao Bear Flag e subiu os degraus. A noite começava e a vitrola tocava "Harvest Moon". William recordou-se da primeira mulher que trabalhara para ele e que gostava muito daquela música, até o dia em que o deixara, casando e sumindo. A música deixou-o profundamente triste. Dora estava na sala dos fundos, tomando um chá, quando William entrou. E perguntou-lhe:

– Qual é o problema? Está doente?

– Não. Mas de que adianta tudo isso? Estou deprimido. Acho que vou me matar.

Dora já cuidara de muitos neuróticos em tantos anos de experiências intensas. E o seu lema era zombar deles, para atenuar a gravidade da tensão.

– Pois deixe para fazer em seu horário de folga, e não estrague os tapetes.

Uma nuvem cinzenta e úmida envolveu o coração de William. Ele saiu da sala lentamente, atravessou o corredor e foi bater na porta de Eva Flanegan. Ela tinha cabelos vermelhos e se confessava toda semana. Era extremamente religiosa e tinha uma família grande, de muitos irmãos. Mas era também uma bêbada imprevisível. Estava pintando as unhas e se sujando toda quando William entrou, percebendo imediatamente que Eva estava alta e não poderia trabalhar, pois era algo que Dora jamais permitia. Os dedos estavam pintados de esmalte até a primeira articulação e Eva estava irritada.

– Qual é o caso? – indagou ela, rispidamente. William também ficou irritado e respondeu no mesmo tom:

– Vou me matar.

Eva desatou a gritar:

– Isso é um pecado nojento, fedorento e miserável! E só alguém como você provocaria uma confusão dessas na casa, no momento em que consegui juntar dinheiro suficiente para uma viagem a St. Louis! É um filho da puta que não presta para nada!

Ela ainda estava gritando quando William saiu e fechou a porta, seguindo para a cozinha. Estava cansado de mulheres. O cozinheiro grego seria um alívio, depois daquelas mulheres.

Com um avental grande, as mangas enroladas, o grego estava fritando costeletas de porcos em duas imensas frigideiras, virando-as com um furador de gelo.

– Olá, garoto. Como vão as coisas?

As costeletas zuniam e sibilavam nas frigideiras.

– Não sei, Lou. Às vezes, penso que a melhor coisa a fazer seria... zás!

E William passou o dedo pelo pescoço, num gesto sugestivo. O grego largou o furador de gelo em cima do fogão e enrolou as mangas ainda mais.

– Vou lhe contar o que sempre ouço dizer, garoto: as pessoas que dizem isso nunca se matam.

A mão de William se estendeu para o furador de gelo, pegando-o. Seus olhos se fixaram nos olhos pretos do grego, divisando incredulidade e divertimento. No instante seguinte, percebeu que os olhos do grego se tornavam perturbados e depois extremamente preocupados. William compreendeu a mudança, compreendeu que o grego sabia que ele era capaz de fazê-lo e depois teve certeza de que o faria. Assim que percebeu isso nos olhos do grego, William compreendeu o que tinha de fazer. E ficou muito triste, porque agora lhe parecia uma tolice. A mão se levantou, o furador de gelo voltou-se contra o seu coração. Foi espantoso como entrou facilmente. William era o vigia antes de Alfred chegar. Todos gostavam de Alfred. Podia sentar com Mack e os rapazes no terreno baldio a qualquer momento. Podia até mesmo visitar o Palace.

4

No final do dia, ao crepúsculo, algo curioso acontecia em Cannery Row. Era no momento entre o pôr do sol e o instante em que se acendiam os lampiões da rua. É um momento cinzento, de luz difusa, quieto. Um velho chinês descia a ladeira, passava pelo Palace, atravessava o terreno baldio. Usava um chapéu de palha antigo, calça e blusão jeans, sapatos grossos, uma das solas despregadas, fazendo barulho no chão quando andava. Tinha na mão uma cesta de vime, tampada. O rosto era chupado, moreno, meio encarquilhado, parecendo convulsivo. Os olhos velhos eram castanhos, até mesmo a parte branca era escura. Eram tão fundos que pareciam estar em imensos buracos. Ele aparecia ao crepúsculo, atravessava a rua e passava pela abertura entre o Laboratório Biológico e a fábrica Hediondo. Cruzava a pequena praia e desaparecia entre as estacas e pilastras de aço que sustentavam os quebra-mares. Ninguém mais o via até o amanhecer.

Durante o período em que os lampiões da rua já haviam apagado e a luz do dia ainda não surgira plenamente, o velho chinês tornava a sair do meio das estacas, atravessava a praia e a rua. A cesta de vime estava agora carregada, molhada, pingando. A sola despregada fazia barulho na calçada. Ele subia a ladeira, até a segunda rua, passava por um portão numa cerca alta de madeira e não mais era visto até o crepúsculo. As pessoas que estavam dormindo ouviam o barulho da sola despregada e despertavam por um momento. Estava acontecendo havia anos, mas ninguém jamais se acostumara. Havia quem pensasse que era Deus e os mais velhos achavam que era a Morte. As crianças eram da opinião de que se tratava de um velho chinês muito engraçado, pois elas sempre acham que é engraçado tudo o que é velho e estranho. Só que as crianças não zombavam nem gritavam para o velho chinês, que vivia cercado por uma pequena nuvem de medo.

Somente um menino de 10 anos, bravo e galante, chamado Andy, que era de Salinas, ousou provocar o velho chinês. Andy estava de visita a Monterey e avistou o velho. Sabia que deveria provocá-lo, quanto menos não fosse para manter o orgulho. Mas mesmo Andy, por mais bravo que fosse, sentiu a pequena nuvem de medo. Ficou observando o velho chinês passar, tarde após tarde, enquanto o dever e o terror travavam uma luta dentro dele. Finalmente chegou o dia em que Andy reuniu coragem suficiente e saiu atrás do velho, cantando em tom de falsete:

– Ching-Chong, o china sentado no trilho, veio um branco e cortou seu rabicho...

O velho parou e virou-se. Andy parou também. Os olhos castanhos bem fundos fixaram-se em Andy, os lábios finos e encarquilhados se mexeram. O que aconteceu então, nem mesmo o próprio Andy foi capaz de explicar ou esquecer. Pois os olhos se dilataram, até que não havia mais chinês. E depois havia um olho, um olho imenso, castanho, tão grande quanto a porta de uma igreja. Andy olhou por aquela porta castanha, reluzente e transparente, avistando uma região desolada, plana por quilômetros e quilômetros, indo terminar em montanhas fantásticas, com os formatos de cabeças de vacas e cachorros, tendas e cogumelos. Havia um mato baixo na planície, aqui e ali uma pequena elevação, sobre a qual estava sentado um pequeno animal, que parecia uma marmota. E a solidão, a terrível desolação da paisagem, fez Andy soluçar, pois não havia mais ninguém no mundo inteiro, só ele restava. Andy fechou os olhos, para não ter mais de contemplar a cena assustadora. Ao tornar a abri-los, estava em Cannery Row e o velho chinês passava pela abertura entre o Laboratório Biológico e a fábrica Hediondo. Andy foi o único menino que alguma vez provocou o velho e nunca mais voltou a fazê-lo.

5

O Laboratório Biológico Ocidental ficava em frente ao terreno baldio, do outro lado da rua. A mercearia de Lee Chong ficava à direita, em diagonal, enquanto o Bear Flag de Dora ficava à esquerda, também em diagonal. O laboratório opera com as mercadorias mais estranhas e deslumbrantes. Vende os adoráveis animais do oceano, esponjas, tunicados, anêmonas, estrelas-do-mar, moluscos, cracas, bivalves, os fabulosos irmãos multiformes, as flores móveis do mar, os ouriços-do-mar, caranguejos, os camarões comuns, os camarões-fantasmas, tão transparentes que mal projetam uma sombra. E o Laboratório Biológico não foca apenas neles, pois também vende besouros, cobras e aranhas, cascavéis e ratos, abelhas e gilas. Tudo isso está à venda. Há também os pequenos fetos humanos, alguns inteiros, outros desmembrados e montados em lâminas. E para os estudantes há também os tubarões cujo sangue foi drenado, substituído por líquidos azul e amarelo nas veias e artérias, a fim de que se possa acompanhar o sistema com um bisturi. Há também gatos de veias e artérias coloridas, assim como rãs nas mesmas condições. Podem encomendar qualquer coisa ao Laboratório Biológico que vão obter, cedo ou tarde.

É uma construção baixa, de frente para a rua. O porão é o depósito, com prateleiras até o teto, atulhadas de vidros com animais preservados. Há também uma pia no porão e instrumentos para embalsamar e injetar. Atravessa-se o quintal dos fundos para se chegar a um galpão coberto, sobre o mar, onde ficam os tanques de concreto dos animais maiores, como tubarões, raias e polvos. Há uma escada na frente da construção que sobe até uma porta, dando para um escritório. Ali, tem uma mesa coberta por correspondência ainda sem abrir, arquivos e um cofre, com a porta sempre escancarada. Certa ocasião, o cofre foi trancado por engano e ninguém sabia a combinação. Dentro dele havia uma lata de sardinhas aberta e um pedaço de queijo Roquefort. Antes que a combinação pudesse ser enviada pela fábrica, houve maiores problemas no cofre. Foi então que Doc imaginou um meio de se vingar do banco e qualquer instituição do tipo, quando alguém assim o desejasse.

– Basta alugar um desses cofres de segurança que os bancos oferecem – disse ele –, depositar lá dentro um salmão fresco inteiro e deixar por seis meses.

Depois do problema com o cofre, não foi mais permitido guardar comida lá dentro. Os alimentos são agora guardados sempre nos arquivos. Por trás do escritório, há uma sala em que se encontram muitos animais vivos, em aquários. Ali estão também os microscópios e as lâminas, os armários de drogas, as caixas de tubos e retortas, as bancadas de trabalho, os produtos químicos necessários. Dessa sala provêm muitos cheiros, de formol, de peixe seco, de água do mar e mentol, de ácido carbólico e ácido acético, de papel de embrulho, de palha e corda, de clorofórmio e éter, de ozônio dos pequenos motores, de aço e lubrificante dos microscópios, de óleo de banana e tubos de borracha, de meias de lã e botas secando, de cascavéis e do odor de medo dos ratos. E pela porta dos fundos vem o cheiro de algas e moluscos, quando a maré está vazia, e de maresia, quando a maré está cheia.

À esquerda, o escritório dá para uma biblioteca. As paredes estão ocupadas por estantes que se erguem até o teto, caixas de panfletos e separatas, livros de todos os tipos, dicionários, enciclopédias, poesias, peças. Há um grande fonógrafo encostado num canto com centenas de discos empilhados ao lado. Por baixo da janela, há uma cama de sequoia. Nos espaços vagos das paredes e nas próprias estantes estão pregadas reproduções de Daumiers, Graham, Ticiano, Leonardo e Picasso, Dalí e George Grosz, sempre ao nível dos olhos, a fim de que se possa contemplar, quando se tem vontade. Há cadeiras e bancos espalhados pela sala pequena, além da cama. Houve uma ocasião em que quarenta pessoas estiveram ali dentro ao mesmo tempo.

Por trás dessa biblioteca ou sala de música, qualquer que seja o nome que se queira chamá-la, fica a cozinha estreita, com um fogão a gás, um aquecedor de água e uma pia. Enquanto os alimentos em geral são guardados nos arquivos no escritório, na cozinha ficam os pratos, a gordura de cozinhar e os legumes, em prateleiras com compartimentos e frente de vidro. Tal disposição não foi definida deliberadamente, apenas aconteceu. Do teto da cozinha pendem pedaços de toucinho, salame e pepinos-do-mar. Por trás da cozinha, há um pequeno banheiro, com um vaso e chuveiro. O vaso passou cinco anos vazando, até que um hóspede prestativo e hábil consertou-o com um pedaço de goma de mascar.

Doc é proprietário e operador do Laboratório Biológico. Doc é um tanto pequeno, mas que ninguém se engane, pois é vigoroso e muito forte. Quando dominado por uma ira intensa, pode se tornar extremamente impetuoso e feroz. Usa barba, e o rosto é meio de santo e meio de sátiro. O rosto revela a verdade. Diz-se que já ajudou muita garota a sair de uma encrenca para cair em outra. Doc tem as mãos de um neurocirurgião e a mente controlada. É do tipo que leva os dedos ao chapéu para cumprimentar um cachorro, quando passa de carro. Os cachorros sempre olham e sorriem. Pode matar qualquer coisa por necessidade, mas não magoa por prazer. Possui um único medo: molhar a cabeça. Assim, tanto no verão como no inverno, está quase sempre com um chapéu de chuva na cabeça. Podia entrar na água até o peito sem perceber que estava se molhando, mas uma simples gota de água na cabeça deixava-o em pânico.

Ao longo de vários anos, Doc se entranhara em Cannery Row a um ponto que nem ele próprio suspeitava. Tornou-se a fonte de filosofia, ciência e arte. No laboratório, as garotas de Dora ouviram pela primeira vez o canto gregoriano. Lee Chong ficou escutando atentamente, enquanto Li Po lhe era lido em inglês. Henri, o pintor, tomou conhecimento do Livro dos Mortos. Ficou tão comovido que mudou a sua técnica. Vinha pintando com cola, ferrugem e ferro e penas de galinha coloridas. Os seus quatro quadros seguintes foram feitos inteiramente com cascas de noz, de tipos variados. Doc era capaz de escutar qualquer absurdo, transformando-o para o interlocutor em uma espécie de sabedoria. A mente dele não tinha horizontes... e a compreensão não tinha distorções. Podia conversar com as crianças e dizer-lhe as coisas mais profundas de tal forma que compreendiam perfeitamente. Ele vivia num mundo de maravilhas, de emoção permanente. Era libidinoso como um coelho e gentil como o diabo. Todos que o conheciam lhe deviam de uma forma ou outra. E não havia quem não pensasse nele sem murmurar em seguida:

– Preciso fazer alguma coisa pelo Doc...

6

Doc estava recolhendo animais marinhos na Grande Restinga, na extremidade da península. É um lugar fabuloso. Com a maré alta, é uma depressão agitada pelas ondas, coberta de espuma. As vagas de rebentação passam por cima da barreira de recifes e seguem estrondosamente até a praia. Mas quando a maré está baixa, aquele pequeno mundo aquático torna-se sereno e adorável. O mar é muito claro e o fundo vira um lugar fantástico, povoado por animais sempre disparando de um lado para outro, lutando, se alimentando, procriando. Caranguejos correm de um canto a outro, atrás das algas ondulando. As estrelas-do-mar pousam sobre mexilhões e lapas, prendem milhões de ventosas minúsculas e depois puxam para cima, com uma força incrível, até que a presa seja arrancada da rocha. E no mesmo instante o estômago da estrela-do-mar se projeta e envolve o alimento. Nudibrânquios alaranjados e estriados deslizam graciosamente pelos rochedos, os mantos ondulando como as saias de dançarinas espanholas. Enguias pretas esticam as cabeças para fora das fendas, à espreita de uma presa. Os camarões-braços-fortes estalam as pinças sonoramente. Aquele mundo colorido e maravilhoso está sempre visível. O bernardo-eremita corre como uma criança frenética pelo fundo de areia. Ao encontrar uma concha vazia de caramujo marinho, chega à conclusão de que é melhor do que a sua. Deixa sua concha, expondo o corpo mole ao inimigo por um momento, tratando de se meter apressadamente no novo abrigo. Uma onda passa por cima da barreira de recifes e agita por um momento as águas serenas, criando espuma e borbulhas na restinga. Mas logo aquele mundo encantado volta a ser sereno, adorável e brutal. Aqui, um caranguejo arranca uma perna do irmão. As anêmonas se expandem, como flores brilhantes e acolhedoras, convidando qualquer animal cansado e aturdido a repousar por um instante em seus braços. E quando algum pequeno caranguejo da restinga aceita o convite verde e púrpura, as pétalas imediatamente golpeiam, as células de ferro injetando minúsculas agulhas de narcótico na presa, que vai ficando cada vez mais fraca, talvez sonolenta, enquanto os cáusticos ácidos digestivos vão dissolvendo seu corpo.

E é nesse momento que surge o assassino furtivo, o polvo, avançando lentamente, suavemente, quase como se fosse uma neblina cinzenta, simulando agora ser uma massa de vegetação, logo adiante um bloco de rocha, depois um naco de carne em decomposição, enquanto os olhos de bode diabólicos observam friamente. Vai deslizando furtivamente na direção de um caranguejo. Ao chegar perto, os olhos amarelados estão ardendo, o corpo fica rosado; a coloração a pulsar de expectativa e raiva. Subitamente, sai correndo sobre as pontas dos tentáculos, tão ferozmente como um gato a dar o bote. Pula selvagemente sobre o caranguejo, há um esguicho de fluido preto. A massa a se debater é obscurecida por uma nuvem sépia, enquanto o polvo mata o caranguejo. Nas partes expostas dos rochedos, os moluscos borbulham por trás de suas portas e as lapas vão ficando ressequidas. Os borrachudos descem sobre os rochedos, dispostos a devorarem tudo o que puderem encontrar. O ar está impregnado com o cheiro forte de iodo das algas, o cheiro de limo dos corpos calcários, o cheiro multiforme de incontáveis espécies, o cheiro de esperma e ovas. Nos rochedos expostos, as estrelas-do-mar emitem sêmen e ovos entre os seus braços. Os cheiros de vida e exuberância, de morte e digestão, de deterioração e nascimento, se espalham por toda parte. Os respingos de espuma sopram da barreira de recifes, além da qual o oceano espera que a maré torne a subir para ter novamente forças para invadir a Grande Restinga. E nos recifes, a boia automática sonora emite seu lamento, como um touro triste e paciente.

Na restinga, Doc e Hazel trabalhavam juntos. Hazel vivia no Palace, com Mack e os rapazes. Recebera o nome de Hazel por acaso e fora ao acaso que sempre vivera desde então. Sua mãe atormentada tivera sete filhos em oito anos. Hazel fora o oitavo e a mãe ficara confusa em relação a seu sexo por ocasião do nascimento. De qualquer forma, estava cansada e desanimada de tentar alimentar e vestir os sete filhos e mais o pai deles. Já tentara todos os meios possíveis de ganhar dinheiro, como fazer flores de papel, cultivar cogumelos, criar coelhos para a carne e o pelo, enquanto o marido, de sua cadeira de lona, dava-lhe toda a ajuda que seus conselhos, argumentos e críticas podiam proporcionar. Ela tinha uma tia-avó chamada Hazel que supostamente fizera um seguro de vida. Assim, a oitava criança ganhou o nome de Hazel antes que a mãe percebesse que se tratava de um menino. A esta altura, ela já estava acostumada com o nome e não se deu ao trabalho de mudá-lo. Hazel cresceu e passou quatro anos na escola primária e outros quatro no reformatório. Não aprendeu coisa alguma em qualquer dos dois lugares. Dizem que os reformatórios ensinam o vício e o crime, mas Hazel não prestou atenção suficiente. Saiu de lá tão inocente do vício quanto era ignorante em frações e divisões com muitos algarismos. Hazel adorava ouvir uma conversa, embora não escutasse as palavras, mas apenas o tom. Fazia perguntas não para ouvir as respostas, mas simplesmente para manter o fluxo da conversa. Tinha 26 anos, os cabelos pretos e era simpático, forte, prestativo e leal. Frequentemente, acompanhava Doc em suas excursões para recolher espécimes marinhos. Era sempre muito bom no trabalho, a partir do momento em que sabia o que era procurado. Os dedos podiam se deslocar furtivamente como um polvo, e eram capazes de segurar e reter como uma anêmona. Andava com segurança pelos rochedos escorregadios e adorava a caçada. Doc usava seu chapéu habitual e botas de borracha de cano alto, mas Hazel trabalhava simplesmente com sapatos de lona e jeans. Eles estavam recolhendo estrelas-do-mar. Doc recebera uma encomenda de trezentos espécimes.

Hazel pegou uma linda estrela-do-mar arroxeada, no fundo da restinga e meteu em seu saco de aniagem já quase cheio. E murmurou:

– Fico imaginando o que fazem com elas...

– Fazem com o quê? – indagou Doc.

– Com as estrelas-do-mar. Você as vende. Manda um barril cheio. O que os caras fazem com elas? Não podem comê-las.

– Eles as estudam – respondeu Doc, pacientemente.

Recordava-se perfeitamente que já respondera antes dezenas de vezes a essa mesma pergunta de Hazel. Mas Doc tinha um hábito mental que não conseguia superar. Quando alguém lhe fazia uma pergunta, sempre presumia que a pessoa estava querendo saber a resposta. Era o que acontecia com Doc. Jamais fazia uma pergunta, a menos que quisesse realmente saber a resposta. Não podia conceber a existência de um cérebro que indagasse sem querer saber. Mas Hazel, que simplesmente queria ouvir falar, desenvolvera um sistema de transformar a resposta de uma pergunta em base para outra indagação. Era o jeito de manter a conversa.

– E o que eles encontram para estudar? São apenas estrelas-do-mar. Existem milhões delas. Eu mesmo poderia arrumar um milhão, se quisesse.

– São animais complicados e interessantes – explicou Doc, um pouco na defensiva. – Além do mais, essa remessa vai para a Universidade Northwestern, no Meio-Oeste.

Hazel recorreu mais uma vez a seu truque:

– E eles não têm estrelas-do-mar por lá?

– Eles não têm nem oceano.

– Ah...

Hazel procurou freneticamente uma base para outra pergunta. Detestava ver uma conversa morrendo daquele jeito. Mas enquanto procurava por alguma coisa, Doc aproveitou para formular outra. Era algo que Hazel também detestava, pois significava que tinha de refletir para dar uma resposta. E refletir, para Hazel, era como vaguear sozinho por um museu deserto. A mente de Hazel estava atulhada de peças não catalogadas. Jamais esquecia coisa alguma, mas nunca se dava ao trabalho de ordenar as recordações. Tudo era amontoado de qualquer maneira, como equipamentos de pesca largados no fundo de um barco, anzóis, boias, linhas e iscas misturados na maior confusão.

A pergunta de Doc foi a seguinte:

– Como estão as coisas lá no Palace?

Hazel passou os dedos pelos cabelos pretos e deu uma espiada na confusão em sua mente.

– Acho que está tudo bem. Se não me engano, aquele tal de Gay vai morar com a gente. A mulher bate nele que não é brincadeira. Ele não se importa quando está acordado, mas a mulher o espera dormir para então bater com mais força. É o que ele detesta, tem de acordar para bater nela. E quando ele volta a dormir, a mulher começa tudo outra vez. Ele não tem descanso e por isso vai morar com a gente.

– Essa é novidade. Antigamente ela costumava arrumar uma ordem de prisão e metia o marido na cadeia.

– Mas isso foi antes de construírem a nova cadeia em Salinas. Eram sempre trinta dias de cana e Gay logo ficava louco para sair. Mas com a nova cadeia... tem rádio na cela, a cama é boa, o xerife é boa praça. Gay entra lá e não quer mais sair. Gosta tanto da cadeia que a mulher não quer mais mandar prendê-lo. Foi por isso que ela inventou essa coisa de bater quando ele está dormindo. Ele diz que é de dar nos nervos. E sabe tão bem quanto eu que Gay nunca encontrou prazer nenhum em bater na mulher. Só fazia isso para manter o orgulho. Mas agora está cansado e acho que vai morar com a gente.

Doc empertigou-se. As ondas estavam começando a passar por cima da barreira de recifes. A maré subia e pequenas vagas despejavam-se sobre os rochedos. O vento soprava pela boia com mais vigor e os rugidos dos leões-marinhos vinham da ponta. Doc empurrou o chapéu para trás e declarou:

– Já temos estrelas-do-mar em quantidade suficiente. Escute, Hazel, sei que tem seis ou sete moluscos da Califórnia pequenos no fundo do seu saco. Se formos detidos por um fiscal, vai dizer que são meus, foram apanhados com a minha licença... não é mesmo?

– Ah... eu... ah...

– Preste atenção, Hazel – continuou Doc, gentilmente. – Vamos supor que eu tenha licença para pegar moluscos da Califórnia. Talvez o fiscal pense que estou usando a licença exageradamente. Pode até pensar que pretendo comê-los.

– Ah...

– É como o pessoal da comissão de álcool industrial. Estão sempre desconfiados, sempre pensando que ando bebendo o álcool. É o que pensam a respeito de todo mundo.

– E não está bebendo?

– Não muito, Hazel. Eles põem uma coisa no álcool que dá um gosto horrível e é um trabalho danado destilar tudo de novo.

– Não é tão ruim assim. Mack e eu tomamos um trago outro dia. O que eles põem?

Doc estava prestes a responder quando percebeu que era outra vez o truque de Hazel.

– Vamos embora, Hazel.

Ele ajeitou no ombro o seu saco de estrelas-do-mar. Esquecera inteiramente os moluscos ilegais no fundo do saco de Hazel.

Hazel seguiu-o pela restinga, subindo a trilha escorregadia até o terreno firme. Os pequenos caranguejos se dispersaram apressadamente diante deles. Hazel achou que era melhor jogar a pá de cal sobre a questão dos moluscos da Califórnia.

– Aquele pintor voltou ao Palace – insinuou ele.
– É mesmo?
– É sim. Ele fez os nossos retratos com penas de galinhas e diz agora que tem de fazer tudo de novo com cascas de noz. Diz que mudou o seu... seu estilo.

Doc soltou uma risada.
– Ele ainda está construindo aquele barco?
– Está sim. E já mudou tudo mais uma vez. Quer fazer um novo tipo de barco. Acho que vai desmontar tudo e começar outra vez. Doc, aquele cara é pancada?

Doc desceu para o chão o saco de estrelas-do-mar e parou, ofegando um pouco.
– Pancada? Ah, sim... Acho que é. Tão pancada quanto todos nós, só que de uma maneira diferente.

Era algo que jamais ocorrera a Hazel. Ele sempre se considerara um poço cristalino de lucidez e imaginava que sua vida era um espelho conturbado de virtude incompreendida. A declaração de Doc deixou-o um tanto ultrajado.
– Mas aquele barco, Doc! Ao que eu saiba, o cara está construindo o barco há sete anos. Os blocos de apoio apodreceram e ele fez outros de concreto. Cada vez que está quase acabando, muda de ideia e começa tudo de novo. Acho que o cara é doido. Onde já se viu levar sete anos para fazer um barco?

Doc estava sentado no chão, tirando as botas de borracha. E disse gentilmente:
– Você não entende, Hazel. Henri adora barcos, mas tem medo do mar.
– Para que então ele quer um barco?
– Henri gosta de barcos. Mas vamos supor que ele acabe seu barco. Quando isso acontecer, as pessoas certamente dirão: por que não o lança na água? E se Henri puser o barco na água, vai ter de sair nele, mesmo detestando o mar. É por isso que ele nunca termina o barco... para não ter de lançá-lo na água.

Hazel seguira o raciocínio até um determinado ponto, mas depois abandonara antes que o enigma estivesse esclarecido. E não só isso, mas também procurou um meio de mudar de assunto, murmurando:

– Acho que ele é doido.

Na terra preta em que desabrochavam os chorões-das-praias estavam se arrastando centenas de percevejos, muitos com as caudas empinadas.

– Olhe só para esses bichos – disse Hazel, grato pela presença dos insetos.

– São uns bichos bem interessantes.

– Por que eles ficam com o rabo levantado?

Doc enrolou as meias de lã e meteu-as nas botas de borracha. Tirou dos bolsos as meias secas e um par de mocassins finos.

– Não sei. Eu os examinei recentemente. São bichos dos mais comuns e uma das coisas mais comuns que fazem é empinar a cauda. E em todos os livros não há qualquer referência ao fato de empinarem a cauda ou o porquê.

Hazel virou um dos insetos com a ponta do sapato de lona molhado. O inseto preto e reluzente debateu-se freneticamente para se endireitar.

– Por que acha que eles fazem isso, Doc?

– Acho que estão rezando.

– Como?

Hazel estava chocado.

– O mais extraordinário não é o fato de eles empinarem a cauda... o que é realmente inacreditável é o fato de acharmos isso extraordinário. Só podemos usar a nós mesmos como comparação. Se fazemos algo tão inexplicável e estranho é porque provavelmente estamos rezando. Portanto, podemos presumir que talvez eles estejam rezando.

– Vamos sair logo daqui – resmungou Hazel.

7

O Palace não teve um desenvolvimento súbito. Ao contrário, quando Mack, Hazel, Eddie, Hughie e Jones se mudaram para lá, encaravam-no como pouco mais que um abrigo contra o vento e a chuva, um lugar para se retirarem quando todos os outros estivessem fechados e o acolhimento deles em outras partes se tornasse instável e incerto pelo abuso. Naquele tempo, o Palace não passava de uma sala comprida e vazia, parcamente iluminada por duas janelas pequenas, as paredes de madeira sem pintura, desprendendo um cheiro forte de peixe seco. Eles não amavam o Palace nessa ocasião. Mas Mack sabia que alguma espécie de organização era necessária, especialmente entre um grupo de individualistas tão ferrenhos.

Um exército em treinamento que não foi equipado com armas, artilharia e tanques, usa armas artificiais e disfarça caminhões como tanques para simular a panóplia destrutiva. No treino os soldados acostumam-se a manobrar a artilharia de campanha utilizando troncos sobre rodas.

Com um pedaço de giz, Mack riscou cinco retângulos no chão, cada um com 2,20 metros de comprimento e 1,20 metro de largura, escrevendo neles os nomes de cada um. Eram as camas simuladas. Cada homem tinha direitos de propriedade invioláveis em seu espaço. Podia legalmente lutar contra um homem que invadisse seu espaço. O resto da sala era propriedade comum de todos. Era assim nos primeiros dias, quando Mack e os rapazes sentavam no chão, jogavam cartas acocorados e dormiam sobre a madeira dura. Se não fosse por uma modificação no tempo, talvez tivessem continuado a viver para sempre dessa maneira. Contudo, uma chuva sem precedentes, que se prolongou por mais de um mês, mudou tudo. Presos à casa, os rapazes cansaram de sentar no chão. Os olhos sentiam-se insultados com as tábuas despojadas das paredes. Porque os abrigava, a casa tornou-se algo que lhes era caro. E tinha o atrativo especial de nunca terem de recear a entrada de um senhorio furioso. É que Lee Chong jamais chegava sequer perto do Palace. Uma tarde, Hughie apareceu com um catre militar, a lona rasgada. Ele passou duas horas costurando o rasgão com linha de pesca. Naquela noite, deitados no chão em seus retângulos, os outros ficaram observando Hughie ajeitar-se graciosamente em sua cama... e ouviram-no suspirar com o conforto incomensurável, caindo no sono e desatando a roncar antes dos demais.

No dia seguinte, Mack subiu pelo caminho esbaforido, carregando um jogo de molas enferrujado que encontrara num depósito de ferro-velho. A apatia fora rompida. Os rapazes se superaram uns aos outros no empenho de enfeitar o Palace, até que alguns meses depois estava excessivamente mobiliado. Havia diversos tapetes velhos no chão, cadeiras com e sem assento. Mack tinha uma *chaise longue* de vime, pintada de vermelho. Havia mesas e um grande relógio de pé sem mostrador nem ponteiros. As paredes estavam caiadas de branco, quase graciosas. Começaram a aparecer quadros, principalmente calendários, mostrando improváveis louras deliciosas segurando garrafas de Coca-Cola. Henri contribuíra com duas peças do seu período das penas de galinha. A um canto, havia um feixe de tábuas douradas. Ao lado do relógio, estava um conjunto de penas de pavão, pregado na parede.

Os rapazes levaram algum tempo procurando um fogão. Quando finalmente encontraram o que procuravam, tiveram alguma dificuldade em obtê-lo. Era grande demais para roubar e o dono se recusava a oferecê-lo à viúva doente com oito filhos, que Mack inventara e ajudava no momento. O dono queria 1,50 dólar e não concordou em baixar para oitenta *cents* durante três dias. Os rapazes fecharam o negócio por oitenta *cents* e assinaram uma confissão de dívida, que o homem provavelmente ainda tem. A transação ocorreu em Seaside. O fogão era um verdadeiro monstro, todo enfeitado, uma fachada que parecia um jardim de tulipas niqueladas. E pesava mais de cem quilos. Mack e Hughie esgotaram todas as possibilidades de transporte durante dez dias. Somente quando chegaram à conclusão definitiva que ninguém iria levar o fogão para casa por eles é que começaram a carregá-lo. Levaram três dias para levar o fogão até Cannery Row, percorrendo uma distância que não chegava a 8 quilômetros. Durante a jornada, acampavam à noite ao lado do fogão. Mas assim que foi instalado no Palace, o fogão tornou-se a glória, o centro de tudo. As flores e as folhagens niqueladas reluziam animadamente. Era o dente de ouro do Palace. Quando aceso, esquentava a sala inteira. O forno era maravilhoso e podia-se fritar um ovo na tampa preta e reluzente.

Com o imenso fogão, veio o orgulho; com o orgulho, o Palace tornou-se lar. Eddie plantou algumas ipomeias na porta e Hazel, algumas fúcsias em latas de cinco galões. Com isso, a entrada se tornou um tanto formal e atravancada. Mack e os rapazes amavam o Palace e até o limpavam um pouco de vez em quando. Em suas mentes, desdenhavam as pessoas instáveis que não tinham uma casa para onde ir. Em seu orgulho, de vez em quando convidavam um hóspede para passar um ou dois dias no Palace.

Eddie era garçom substituto em La Ida. Trabalhava quando Whitey, o garçom regular, ficava doente. O que acontecia, diga-se de passagem, com tanta frequência quanto Whitey julgava que podia fazê-lo e escapar impune. Cada vez que Eddie trabalhava, algumas garrafas desapareciam. Era por isso que não podia trabalhar com muita frequência. De qualquer forma, Whitey até gostava que Eddie o substituísse. Estava convencido, corretamente, que Eddie jamais tentaria ficar no emprego em caráter permanente. Quanto a isso, quase todo mundo podia confiar em Eddie. A rigor, Eddie não precisava subtrair muitas garrafas. Mantinha um cântaro de um galão debaixo do balcão, com um funil no gargalo. Tudo o que restava nos copos Eddie despejava pelo funil, antes de lavá-los. Se havia uma discussão ou todos se punham a cantar em La Ida, Eddie despejava pelo funil copos pela metade ou com dois terços cheios. Isso também acontecia já bem tarde, quando a camaradagem reinante atingia seu desfecho lógico. A mistura de bebidas, o ponche resultante que ele levava para o Palace, era sempre interessante e algumas vezes surpreendente. A mistura de uísque de centeio, cerveja, *bourbon*, *scotch*, vinho, rum e gim era a mais constante, mas de vez em quando um freguês diferente pedia um uísque com soda, anisete ou curaçau. Esses pequenos toques davam uma característica marcante ao ponche. Eddie tinha o hábito invariável de despejar um pouco de angostura no cântaro. antes de ir embora. Numa noite boa, o cântaro ficava quase cheio. Era uma fonte de satisfação para ele o fato de ninguém jamais perceber. Eddie havia constatado que um homem pode embriagar-se com meio copo assim como com um copo inteiro quando está disposto.

Eddie era um habitante dos mais desejáveis do Palace. Os outros nunca lhe pediam que ajudasse na limpeza da casa. Certa ocasião, Hazel chegou a lavar quatro pares de meias de Eddie.

Na tarde em que Hazel estava recolhendo estrelas-do-mar, com Doc, na Grande Restinga, os rapazes estavam acomodados no Palace, tomando o resultado da última contribuição de Eddie. Gay também estava presente, a última aquisição do grupo. Eddie tomou um gole de seu copo, especulativamente, e estalou os lábios.

– É engraçado como às vezes a gente tem uma corrida – comentou ele. – Foi o que aconteceu ontem à noite. Pelo menos dez caras pediram Manhattans. Há ocasiões em que a gente não faz dois Manhattans num mês inteiro. É o granadino que dá o sabor especial.

Mack também provou – e foi uma prova das grandes – tornando a encher o copo em seguida. E declarou solenemente:

– São as pequenas coisas que fazem toda a diferença. – Ele olhou ao redor, para verificar como essa gema de sabedoria atingira os outros.

Somente Gay sentiu todo o impacto, murmurando:

– Tem toda razão. E acho...

– Onde Hazel se meteu? – indagou Mack.

Foi Jones quem respondeu:

– Hazel saiu com Doc para pegar algumas estrelas-do-mar.

Mack sacudiu a cabeça solenemente.

– Aquele Doc é um cara sensacional, um bom sujeito de verdade. Ele é capaz de dar uma grana para a gente em qualquer tempo. Quando me cortei, ele fez um curativo novo todos os dias. Um sujeito e tanto.

Os outros assentiram na mais profunda concordância. E Mack continuou:

– Há algum tempo que venho pensando no que podemos fazer pelo Doc. Tem de ser alguma coisa bacana, alguma coisa que ele vá gostar.

– Ele gosta de mulher – comentou Hughie.

– É o que ele está sempre arrumando – disse Jones. – Sempre se pode saber... quando ele fecha as cortinas da frente e põe aquela música de igreja no fonógrafo.

Mack disse para Hughie, em tom de censura:

– Só porque ele não sai correndo pela rua atrás de uma mulher pelada durante o dia não significa que seja celebrado.

– O que é celebrado? – indagou Eddie.

– É quando o cara não tem nenhuma mulher – explicou Mack.

– Pensei que fosse uma espécie de festa – disse Jones.

O silêncio se abateu sobre o Palace. Mack mudou de posição na *chaise longue*. Hughie deixou que as pernas dianteiras de sua cadeira encostassem no chão. Ficaram olhando para o espaço e depois todos se concentraram em Mack, que murmurou:

– Hum...

Eddie disse:

– Que espécie de festa acha que Doc gostaria?

Mack comentou:

– Doc não iria gostar desse negócio que tem no cântaro.

– Como pode saber? – indagou Hughie. – Nunca ofereceu.

– Sei porque sei. Doc esteve na universidade. Houve uma ocasião em que vi uma mulher num casaco de pele entrar no laboratório. E nunca a vi sair. Eram duas horas da madrugada na última vez que olhei... e aquela música de igreja tocava sem parar. Não tem condições de se oferecer um negócio assim.

Mack tornou a encher seu copo.

– Este negócio fica com um gosto muito bom depois do terceiro copo – declarou Hughie, com a maior lealdade.

– Mas não é para o Doc. Tem de ser uísque... e a coisa verdadeira.

– Ele gosta de cerveja – disse Jones. – Está sempre indo ao Lee para pegar cerveja... às vezes até no meio da noite.

Mack comentou:

– Calculo que, quando se compra cerveja... a gente gasta 92 por cento da grana em água, corante, lúpulo e coisas assim. Ei, Eddie, acha que podia arrumar umas quatro ou cinco garrafas de uísque em La Ida na próxima vez que Whitey ficar doente?

– Claro que poderia... mas seria o fim. A galinha dos ovos de ouro estaria liquidada. Acho que Johnnie está desconfiado. Outro dia ele chegou a dizer: "Acho que estou sentindo o cheiro de um rato chamado Eddie." Vou ter que andar na linha e trazer só o cântaro por um tempo.

– Isso mesmo! – exclamou Jones. – Não pode perder esse emprego. Se acontecer alguma coisa com Whitey, pode ficar lá por uma semana inteira ou mais, até encontrarem alguém mais. Acho que vamos ter de comprar o uísque se quisermos dar uma festa para o Doc. Quanto custa um galão de uísque?

– Não tenho a menor ideia – respondeu Hughie. – Nunca comprei mais de um quarto... de cada vez, é claro. Sempre calculei que quem compra um litro sempre arruma uma porção de amigos. Mas quando se arruma um quarto dá para se beber sozinho... antes que apareça uma porção de gente.

– Vai ser preciso muita grana para dar uma festa para o Doc – comentou Mack. – E se vamos dar uma festa, tem de ser das boas. Não pode deixar de ter um bolo grande. Quando é o aniversário dele?

– Não é preciso um aniversário para se dar uma festa – disse Jones.

– Não precisa... mas é mais simpático – declarou Mack. – Calculo que precisaríamos de pelo menos 10 a 12 mangos para dar uma festa a Doc que não faria vergonha a ninguém.

Eles se entreolharam especulativamente. Hughie sugeriu:

– A Hediondo está contratando gente.

– Não – Mack apressou-se em dizer. – Temos boas reputações e não vamos querer estragá-las. Todos nós sempre ficamos nos empregos por um mês ou mais, quando nos decidimos a aceitar. É por isso que sempre arrumamos alguma coisa quando estamos precisando. Vamos supor que a gente pegasse um emprego por um dia ou por aí... a gente ia perder a reputação de permanecer no emprego. E quando precisássemos de um emprego, ninguém ia querer.

Os outros assentiram prontamente.

– Acho que vou arrumar trabalho por uns dois meses... novembro e pelo menos parte de dezembro – comentou Jones. – Seria bom ter dinheiro no Natal. Bem que podemos cozinhar um peru este ano.

– Seria uma grande ideia! – acrescentou Mack. – Conheço um lugar em Carmel Valley onde existem pelo menos 1.500 perus num único bando.

– Valley... – murmurou Hughie. – Era lá no Valley que eu costumava pegar coisas para o Doc, tartarugas, lagostins, rãs. Ganhava cinco *cents* por cabeça pelas rãs.

– Eu também – disse Gay. – Houve uma ocasião em que peguei quinhentas rãs de enfiada.

– Se o Doc está precisando de rãs, o negócio está feito – decidiu Mack. – Podemos subir o rio Carmel, numa pequena excursão. Não diríamos ao Doc para que era e depois lhe daríamos uma festa de arromba.

Um excitamento sereno invadiu o Palace. Mack disse:

– Gay, dê uma olhada pela porta e veja se o carro do Doc está na frente do laboratório.

Gay largou o copo e foi verificar, informando:

– Ainda não.

– Ele deve voltar a qualquer momento – disse Mack. – O que vamos fazer é o seguinte...

8

Em abril de 1932, a caldeira da fábrica Hediondo explodiu um tubo pela terceira vez em duas semanas. O conselho da diretoria, integrado pelo Sr. Randolph e pela secretária, decidiu que sairia mais barato comprar uma caldeira nova do que fechar a fábrica com tanta frequência. A caldeira nova chegou algum tempo depois e a antiga foi transferida para o terreno baldio entre a mercearia de Lee Chong e o Bear Flag. Foi instalada sobre blocos, à espera de alguma inspiração do Sr. Randolph sobre a melhor maneira de ganhar algum dinheiro à sua custa. Pouco a pouco, o engenheiro da fábrica foi retirando as tubulações, a fim de remendar equipamentos desgastados pelo uso. A caldeira parecia uma locomotiva antiquada, sem as rodas. Tinha uma porta grande na frente e uma porta baixa de fogo. Pouco a pouco, foi se tornando avermelhada com a ferrugem e hibiscos crescendo ao redor, além de ervas daninhas que foram alimentadas pela descamação do ferro corroído. Mirtas em flor subiram pelos lados e o perfume de anis envolveu-a. Depois, alguém jogou ali uma raiz de trombeteira e a árvore cresceu rapidamente, as flores brancas pendendo sobre a porta da caldeira. À noite, as flores exalavam um perfume de amor e excitamento, incrivelmente suave e comovente.

Em 1935, o Sr. e a Sra. Malloy mudaram-se para a caldeira. A essa altura, todas as tubulações já haviam sido retiradas e era um apartamento espaçoso, seco e seguro. É verdade que havia o incômodo de ter de ficar de quatro quando se entrava pela porta de fogo. Mas, uma vez lá dentro, no meio, havia espaço suficiente para se ficar de pé. Além do mais, era impossível arrumar um lugar mais quente e seco para residir. Eles levaram um colchão pela porta baixa e se instalaram lá dentro. O Sr. Malloy sentia-se feliz e satisfeito na caldeira e por algum tempo o mesmo aconteceu com a Sra. Malloy.

Abaixo da caldeira, na encosta, havia diversas tubulações grandes, também abandonadas pela Hediondo. Ao final de 1937, houve uma grande pesca de peixe e as fábricas passaram a trabalhar dia e noite. Houve então uma escassez de acomodações. Foi nessa ocasião que o Sr. Malloy começou a alugar os canos maiores como quartos, para homens solteiros. Com um pedaço de papelão alcatroado num dos lados e um quadrado de tapete no outro, proporcionavam quartos confortáveis. Os homens que estavam acostumados a dormirem enroscados tinham de mudar os hábitos ou procurarem outros aposentos. Havia também os que alegavam que seus roncos, ecoando nos tubos, acabavam por despertá-los. Mas, de um modo geral, o Sr. Malloy tinha um negócio seguro e próspero e sentia-se feliz.

A Sra. Malloy estivera contente até que o marido tornou-se um senhorio. A partir desse momento, ela começou a mudar. Primeiro foi um tapete, depois uma tina, em seguida um abajur com a aba colorida. Chegou finalmente o dia em que ela entrou de quatro na caldeira, levantou-se e disse, um pouco ofegante:

– A Holman estava fazendo uma liquidação de cortinas. São cortinas de renda verdadeiras, debruadas de azul e rosa. E cada cortina custa apenas 1,98 dólar, a vareta incluída no preço.

O Sr. Malloy sentou-se no colchão.

– Cortinas? Mas para que está querendo cortinas?

– Gosto de coisas bonitas – respondeu a Sra. Malloy, o lábio inferior começando a tremer. – Sempre gostei de coisas bonitas para você.

– Ora, querida, não tenho nada contra cortinas. Até gosto de cortinas.

– Custa apenas 1,98 dólar e está brigando comigo só por causa disso – balbuciou a Sra. Malloy, começando a fungar, o peito arfando mais depressa.

– Não estou brigando, querida. Mas, pelo amor de Deus, o que vamos fazer com cortinas? Não temos janelas!

A Sra. Malloy desatou a chorar interminavelmente. Sam aninhou-a em seus braços, procurando confortá-la.

– Os homens não compreendem como uma mulher se sente – soluçou ela. – Os homens nunca se preocupam em se pôr no lugar das mulheres.

Sam deitou ao lado da esposa e massageou-lhe as costas por um longo tempo, antes que ela finalmente dormisse.

9

Quando o carro de Doc voltou ao laboratório, Mack e os rapazes ficaram observando secretamente Hazel ajudar a carregar os sacos com estrelas-do-mar. Alguns minutos depois, Hazel subiu pelo caminho tortuoso até o Palace. A calça ainda estava úmida da água do mar até as coxas. Nos lugares em que começava a secar, podia-se ver os anéis brancos de sal que se formavam. Ele arriou na cadeira de balanço envernizada que lhe pertencia e tirou os sapatos de lona úmidos.

Mack perguntou:

– Como o Doc está se sentindo?

– Muito bem – respondeu Hazel. – Só que não dá para a gente entender uma só palavra do que ele diz. Sabe o que o Doc falou a respeito dos percevejos pretos? Não, é melhor eu não contar.

– Ele parece estar com um ânimo amistoso? – indagou Mack.

– Está, sim. Pegamos umas trezentas estrelas-do-mar. O Doc está muito bem.

– Será que não seria melhor todos nós irmos até lá? – perguntou Mack a si mesmo, apressando-se em responder: – Não. Acho melhor ir um sozinho. O Doc pode ficar confuso se aparecer todo mundo.

– Qual é o caso? – indagou Hazel.

– Andamos fazendo alguns planos – explicou Mack. – Vou sozinho até lá, para ele não ficar espantado. Vocês ficam aqui, esperando. Voltarei dentro de alguns minutos.

Mack saiu e desceu pelo caminho, atravessando os trilhos. O Sr. Malloy estava sentado num tijolo diante de sua caldeira.

– Como vai, Sam? – disse Mack.

– Tudo bem.

– E como vai a madame?

– Também muito bem. Conhece algum tipo de cola para grudar pano em ferro?

Normalmente, Mack teria se lançado de corpo e alma ao problema. Mas agora não podia se deixar desviar de seu objetivo. Por isso, respondeu simplesmente:

– Não.

Ele passou pelo terreno baldio, atravessou a rua e entrou no porão do laboratório.

Doc estava agora sem chapéu, já que não havia praticamente qualquer possibilidade de ficar com a cabeça molhada, a menos que um cano arrebentasse. Estava ocupado retirando as estrelas-do-mar dos sacos, arrumando-as sobre o chão frio de concreto. As estrelas-do-mar estavam contorcidas e contraídas, pois adoram se agarrar a alguma coisa e durante uma hora só haviam encontrado umas às outras. Doc arrumou-as em fileiras compridas e lentamente os animais se esticaram, até se tornarem estrelas simétricas sobre o concreto. A barba castanha pontuda de Doc estava úmida de suor, enquanto ele trabalhava. Levantou a cabeça, um pouco nervosamente, quando Mack entrou. Não que Mack invariavelmente lhe trouxesse problemas, mas sempre surgia alguma coisa atrás dele.

– Como estão as coisas, Doc?

– Tudo bem – respondeu Doc, apreensivo.

– Já soube o que aconteceu com Phyllis Mae lá no Bear Flag? Ela acertou um bêbado e ficou com o dente dele preso no punho. Agora, está com uma infecção até o cotovelo. Ela me mostrou o dente. Era de metal. Será que foi um veneno de dente postiço, Doc?

– Acho que tudo o que sai da boca humana é venenoso – respondeu Doc, em tom de advertência. – Ela já foi ao médico?
– O leão de chácara deu um jeito nela.
– Vou levar alguma sulfa para ela mais tarde.

Doc ficou esperando que a tempestade irrompesse. Sabia que Mack viera por algum motivo e Mack sabia que ele sabia. Mack finalmente perguntou:

– Está precisando de alguma espécie de animal neste momento, Doc?

Doc suspirou de alívio, indagando, ainda cautelosamente:
– Por quê?

Mack tornou-se franco e confidencial.

– Vou contar tudo, Doc. Os rapazes e eu estamos precisando arrumar alguma grana. De qualquer maneira. É para uma boa causa. Pode-se até dizer que é uma causa das mais dignas.

– O braço de Phyllis Mae?

Mack percebeu a oportunidade, avaliou-a e acabou chegando à conclusão de que era melhor rejeitá-la.

– Não, Doc. É mais importante do que isso. Não se pode matar uma rameira. O nosso caso é diferente. Os rapazes e eu achamos que, se estivesse precisando de alguma coisa, poderíamos providenciar e ganhar assim alguns trocados.

Parecia simples e inocente. Doc arrumou mais quatro estrelas-do-mar nas fileiras.

– Bem que estou precisando de umas trezentas ou quatrocentas rãs – disse ele. – Iria pegá-las pessoalmente se não tivesse de ir a La Jolla esta noite. Vai haver uma boa maré amanhã e preciso pegar alguns polvos.

– O mesmo preço pelas rãs, Doc? Cinco *cents* para cada uma?

– O mesmo preço.

Mack mostrou-se jovial.

– Não se preocupe mais com as rãs, Doc. Vamos pegar todas as rãs que precisar. Pode ficar descansado. Podemos até pegá-las no rio Carmel. Conheço um lugar onde há uma porção.

53

– Ótimo. Fico com todas as que apanharem, mas vou precisar mesmo de umas trezentas.

– Pode ficar descansado, Doc. Não perca o sono por causa disso. Vai receber as suas rãs direitinho, talvez umas setecentas ou oitocentas. – Depois de tranquilizar Doc em relação às rãs, um princípio de preocupação se estampou no rosto de Mack. – Ei, Doc, há alguma possibilidade de usarmos seu carro para irmos até o Valley?

– Não. Eu disse que tenho de ir para La Jolla esta noite, a fim de aproveitar a maré de amanhã.

Mack ficou desalentado.

– Ah... Mas não se preocupe com isso, Doc. Talvez a gente consiga arrumar o velho caminhão de Lee Chong.

Ele fez uma breve pausa, assumindo agora uma expressão ainda mais desolada, antes de acrescentar:

– Ei, Doc, será que numa transação como esta não poderia nos adiantar dois ou três dólares para a gasolina? Sei que Lee Chong não vai nos dar gasolina.

– Não vai ser possível.

Doc já caíra antes nesse golpe. Certa ocasião, financiara Gay, que se propunha a pegar algumas tartarugas. O financiamento se prolongara por duas semanas, ao fim das quais Gay estava na cadeia, depois de sua mulher prestar queixa. Jamais fora buscar as tartarugas de Doc.

– Neste caso, acho que não vai dar para pegarmos as rãs – murmurou Mack tristemente.

Doc estava realmente precisando das rãs. Tentou imaginar algum método que fosse negócio e não mera filantropia. Acabou tendo uma ideia.

– Já sei o que vamos fazer. Eu lhe darei um bilhete para o meu posto de gasolina, autorizando a retirada de dez galões. Está bom assim?

Mack sorriu.

– Está ótimo! Vai ver como tudo se resolve, Doc. Os rapazes e eu vamos partir amanhã de manhã, bem cedo. Quando voltar do Sul, vai encontrar mais rãs do que jamais viu em toda a sua vida.

Doc foi até a mesa que usava para rotular os espécimes. Escreveu um bilhete para Red Williams, no posto de gasolina, autorizando a entrega de dez galões a Mack.

– Aqui está a autorização.

Mack estava agora sorrindo espirituosamente.

– Pode dormir sossegado esta noite, Doc, sem se preocupar com as rãs. Terá latas e mais latas delas quando voltar.

Doc ficou observando Mack se retirar, um pouco apreensivo. Suas transações com Mack e os rapazes sempre haviam sido interessantes, mas raramente lucrativas. Doc lembrou-se tristemente da ocasião em que Mack lhe vendera 15 gatos. Naquela mesma noite, os donos haviam aparecido para recuperá-los.

– Por que todos os gatos são machos, Mack? – perguntara ele.

– É minha própria invenção, Doc. Mas vou lhe revelar, já que é um bom amigo. Basta fazer uma armadilha grande de arame. Não há nem necessidade de isca. Usa-se... ah... uma gata. Dá para apanhar todos os gatos do país desse jeito.

Saindo do laboratório, Mack atravessou a rua e passou pelas portas de tela de vaivém da mercearia de Lee Chong. A Sra. Lee estava cortando toucinho no cepo grande de açougueiro. Um primo de Lee ajeitava os pés de alface ligeiramente murchos, da mesma forma como uma garota endireita uma mecha de cabelos soltos. Um gato dormia em cima de uma pilha grande de laranjas. Lee Chong estava em seu posto habitual, atrás do balcão da charutaria, diante das prateleiras de bebidas. Os dedos tamborilando sobre a almofada de borracha se aceleraram um pouco quando Mack entrou.

Mack não perdeu tempo em rodeios:

– Lee, Doc está com um problema. Recebeu uma grande encomenda de rãs para o Museu de Nova York. É muito importante para ele. Além da grana, há muito crédito quando se atende com presteza a um pedido assim. Mas Doc precisa ir para o Sul e os rapazes e eu nos prontificamos a ajudá-lo. Acho que os amigos de um cara devem ajudá-lo a sair de uma dificuldade, sempre que puderem, especialmente quando se trata de um bom sujeito como o Doc. Sou capaz de apostar que ele gasta de sessenta a setenta dólares por mês com você.

Lee Chong permaneceu calado e vigilante. Os dedos grossos mal se moviam sobre a almofada de borracha, mas tremiam ligeiramente, como o rabo de um gato tenso. Mack desenvolveu sua tese:

– Estaria disposto a nos emprestar o seu velho caminhão para subirmos até Carmel Valley e pegarmos as rãs para Doc... pelo bem do velho Doc?

Lee Chong exibiu um sorriso de triunfo.

– Caminhão não está bem. Freios quebrados.

Isso deixou Mack aturdido por um instante, mas ele prontamente se recuperou. Abriu o bilhete de Doc em cima do balcão e disse:

– Dê uma olhada nisso! Doc está precisando das rãs. Ele me deu autorização para retirar essa gasolina, a fim de pegarmos as rãs. Não posso deixar Doc na mão. Gay é um bom mecânico. Se ele consertar o caminhão, você vai nos emprestar?

Lee inclinou a cabeça para trás, a fim de poder contemplar Mack através dos óculos. Parecia não haver nada de errado com a proposta. O caminhão não estava mesmo funcionando direito. Gay era de fato um bom mecânico. A autorização para retirar a gasolina era uma prova de boa-fé.

– Quanto tempo vão demorar? – perguntou Lee.

– Talvez meio dia, talvez um dia inteiro. Só vamos ficar até pegarmos todas as rãs.

Lee estava preocupado, mas não podia imaginar qualquer saída. Os perigos estavam todos presentes e Lee conhecia-os um a um.

– Está bem – disse finalmente.

– Ótimo, Lee. Eu sabia que Doc podia contar com você. Vou chamar Gay para começar a consertar o caminhão imediatamente. – Ele virou-se para ir embora, mas acrescentou antes de afastar-se: – Por falar nisso, Doc está nos pagando cinco *cents* por rã. Vamos pegar umas setecentas ou oitocentas. Não quer nos adiantar uma garrafa pequena de Old Tennis Shoes até voltarmos com as rãs?

– Não! – respondeu Lee Chong, categoricamente.

10

Frankie começou a aparecer no Laboratório Biológico quando tinha 11 anos. Durante cerca de uma semana, limitou-se a ficar parado do lado de fora da porta do porão, olhando para dentro. Um belo dia, ele ficou parado do lado de dentro da porta. Dez dias depois, já avançara alguns passos pelo porão. Os olhos eram muito grandes, os cabelos compridos, pretos e sujos. As mãos estavam imundas. Ele pegou um pouco de palha de embalagem e pôs numa lata de lixo. Depois, olhou para Doc, que estava ocupado rotulando vidros com espécimes de sifonóforos. Frankie aproximou-se finalmente da bancada de trabalho e pôs os dedos sujos em cima. Levara três semanas para chegar até ali e durante todo o tempo estivera sempre preparado para se virar e fugir.

Chegou o dia em que Doc finalmente lhe falou:
– Qual é o seu nome, filho?
– Frankie.
– Onde você mora?
– Lá em cima.
– Por que não está na escola?
– Não vou à escola.
– Por que não?
– Não me querem na escola.
– Suas mãos estão sujas. Nunca as lava?

Frankie ficou desesperado. Foi até a pia e lavou as mãos. A partir de então, passou a lavar e esfregar as mãos todos os dias, deixando-as quase em carne viva.

E vinha ao laboratório todos os dias. Era uma associação sem muita conversa. Com um telefonema, Doc constatou que Frankie dizia a verdade. Não o queriam mesmo na escola. Ele era incapaz de aprender qualquer coisa e havia algo errado com a sua coordenação. Não havia lugar para Frankie. Não era um idiota, não era perigoso, a mãe não queria pagar seu internamento numa instituição especializada. Nem sempre Frankie dormia no laboratório, mas sempre passava os dias por lá. Havia ocasiões em que ele se metia num engradado cheio de palha e dormia. Isso provavelmente acontecia quando havia uma crise em casa.

Doc um dia perguntou:

– Por que vem até aqui?

– Porque ninguém me bate, nem me dão uma moeda – explicou Frankie.

– Batem em você na sua casa?

– Tem sempre tios lá em casa, durante todo o tempo. Alguns me batem e dizem para eu sumir de lá. Outros me dão uma moeda e me dizem para sair de lá.

– Onde está seu pai?

– Morto – respondeu Frankie, vagamente.

– Onde está sua mãe?

– Com os tios.

Doc cortou os cabelos de Frankie e acabou com os piolhos. Comprou na loja de Lee Chong um macacão novo e um blusão listrado. Frankie tornou-se seu escravo e uma tarde lhe disse:

– Eu amo você... ah, como eu amo...

Ele queria trabalhar no laboratório. Varria todos os dias, mas havia alguma coisa errada. Jamais conseguia fazer com que um chão ficasse completamente limpo. Tentou ajudar na separação de lagostins pelo tamanho. Estavam todos num balde. Deviam ser agrupados em panelas grandes, os de 8 centímetros em uma, os de 10 centímetros em outra e assim por diante. Frankie bem que se empenhou e o suor lhe cobriu a testa. Mas não conseguiu. A relação de tamanhos simplesmente não lhe entrava na cabeça.

– Não é assim, Frankie – disse Doc. – Ponha os lagostins junto do seu dedo, desse jeito. Assim, vai verificar o tamanho. Está vendo? Este vai da ponta do seu dedo até a base do polegar. Agora, pega outro que vá da ponta do dedo até o mesmo lugar. Então esses são iguais.

Frankie tentou, mas não conseguiu. Assim que Doc subiu, Frankie se meteu na caixa de palha e não saiu de lá pelo resto da tarde.

Mas Frankie era um bom menino, simpático, prestativo. Aprendeu a acender os charutos de Doc. Queria que ele fumasse a todo instante, só para poder acender os charutos.

Mais do que qualquer outra coisa, Frankie adorava quando havia festas lá em cima, no laboratório. Ficava deslumbrado quando homens e mulheres se encontravam no laboratório para sentar e conversar, quando o grande fonógrafo tocava música que pulsava em seu estômago, fazendo imagens surgirem vagamente em sua cabeça. Agachava-se num canto, atrás de uma cadeira, ficando escondido, e observava e escutava atentamente. Quando havia risadas por um gracejo que ele não compreendia, Frankie ria também, deliciado, atrás da cadeira: quando a conversa versava sobre abstrações, as sobrancelhas se franziam, ele ficava concentrado e sério.

Uma tarde, teve um gesto desesperado. Havia uma pequena festa no laboratório. Doc estava na cozinha, servindo cerveja, quando Frankie apareceu de repente a seu lado. Frankie pegou um copo de cerveja e passou correndo pela porta, entregando-o a uma moça que estava sentada numa poltrona.

Ela pegou o copo, sorrindo, e disse:

– Obrigada.

E Doc, passando pela porta, acrescentou:

– Frankie me ajuda muito.

Frankie não pôde esquecer. Repassou a cena em sua mente, repetidas vezes, como pegara o copo, entregara à moça, a voz dela murmurando "Obrigada..." e Doc... "Me ajuda muito... Frankie me ajuda muito... Frankie me ajuda... Frankie..." Oh, Deus!

Ele sabia que uma festa grande estava para acontecer, porque Doc havia comprado muitos bifes e ainda mais cerveja. Doc deixou ajudá-lo a limpar lá em cima. Mas isso nada significava, pois um grande plano se delineara na cabeça de Frankie. Podia imaginar exatamente como tudo aconteceria. Repassara o plano mentalmente várias vezes. Era lindo. Era perfeito.

E então a festa começou, as pessoas chegaram, homens e mulheres acomodando-se na sala da frente.

Frankie tinha de esperar até poder ficar sozinho na cozinha. E algum tempo se passou antes que isso acontecesse. Mas finalmente ficou sozinho, com a porta fechada. Podia ouvir o barulho da conversa, a música que saía do fonógrafo. Trabalhou em silêncio, pegando primeiro a bandeja, depois ajeitando os copos em cima, sem quebrar nenhum. Depois, encheu os copos com cerveja, deixou que a espuma assentasse um pouco, derramou mais alguma.

Estava pronto. Respirou fundo e abriu a porta. A música e a conversa estrondeavam ao seu redor. Frankie pegou a bandeja com cerveja e passou pela porta. Sabia como fazê-lo. Seguiu direto para a mesma moça que lhe agradecera na ocasião anterior. E abruptamente, bem diante dela, a coisa aconteceu, a coordenação falhou, as mãos tremeram, os músculos entraram em pânico, os nervos contataram um operador inerte, as respostas não voltaram. Bandeja e cerveja caíram para a frente, no colo da moça. Por um momento, Frankie ficou imóvel. Depois, virou-se e saiu correndo.

A sala ficou quieta. Todos podiam ouvir Frankie descer a escada correndo, entrar no porão. Ouviram um ruído abafado... e depois o silêncio.

Doc desceu ao porão. Frankie estava na caixa de palha, enterrado até o fundo, a cabeça escondida. Doc podia ouvi-lo chorar baixinho. Esperou por um momento e depois tornou a subir.

Não havia nada que pudesse fazer.

11

O caminhão Ford Modelo T de Lee Chong tinha uma história especial. Em 1923, fora um carro de passageiros, pertencente ao Dr. W. T. Waters. Ele o usou por cinco anos, depois vendeu a um corretor de seguros chamado Rattle. O Sr. Rattle não era um homem cuidadoso. Tratava com a maior violência o carro que recebera em estado impecável. O Sr. Rattle gostava de beber nas noites de sábado e era o carro que sofria. Os para-lamas logo ficaram amassados. Era também um péssimo motorista e os pneus tinham de ser constantemente mudados. Um belo dia, o Sr. Rattle embolsou o dinheiro de um cliente e fugiu para San José. Estava em companhia de uma loura de cabelos tingidos quando foi apanhado, dez dias depois, e despachado de volta.

A carroceria do carro estava tão arrebentada que o dono seguinte cortou-a ao meio e acrescentou uma plataforma de caminhão.

O dono seguinte arrancou a frente da cabine e o para-brisa. Costumava transportar lulas e gostava da brisa fresca soprando em seu rosto. Seu nome era Francis Almones e sua vida fora extremamente triste, pois sempre ganhava uma fração a menos do que precisava para viver. O pai lhe deixara algum dinheiro. Mas ano a ano, mês a mês, não importava o quão arduamente Francis trabalhasse ou quão cuidadoso se mostrasse, o dinheiro ia minguando, até que finalmente acabou por completo e Francis se foi.

Lee Chong ficou com o caminhão como pagamento de uma conta.

A esta altura, o caminhão era pouco mais que quatro rodas e um motor, sendo que o motor estava tão extravagante, mal-humorado e senil que exigia cuidados e atenções de um perito. Era o que Lee Chong não lhe dava. O resultado é que o caminhão ficava no meio do mato alto, nos fundos da mercearia, durante a maior parte do tempo, os arbustos crescendo entre os aros das rodas. Os pneus das rodas traseiras eram sólidos e blocos separavam as rodas dianteiras do chão.

Provavelmente qualquer um dos rapazes do Palace poderia fazer o caminhão andar, pois eram todos mecânicos práticos e competentes. Mas Gay era um mecânico inspirado. Não há nenhum termo comparável a "bruxaria" para se aplicar à mecânica, mas deveria haver. Pois há homens que podem olhar, escutar, bater, fazer um pequeno conserto e pôr qualquer máquina para funcionar. Na verdade, existem homens perto dos quais um carro anda melhor. Era o que acontecia com Gay. Seus dedos mexendo num distribuidor ou ajustando um carburador eram gentis, sábios e seguros. Podia consertar os delicados motores elétricos do laboratório. Podia trabalhar nas fábricas de sardinhas em lata durante todo o tempo que desejasse. É que nessa indústria, que se queixa amargamente quando não consegue recuperar o investimento total em lucros todos os anos, as máquinas são muito menos importantes que as declarações fiscais. Se fosse possível enlatar sardinhas com os livros de contabilidade, os donos certamente ficariam muito felizes. Como era impossível, usavam máquinas decrépitas, que funcionavam com o maior esforço e dificuldade, verdadeiros horrores, exigindo a atenção constante de um homem como Gay.

Mack acordou os rapazes bem cedo. Tomaram rapidamente o café e seguiram para o lugar em que se encontrava o caminhão, no meio do mato. Gay estava no comando. Empurrou os blocos que suspendiam as rodas da frente e disse:

– Arrumem uma bomba emprestada para encher esses pneus.

Depois, ele enfiou um pedaço de pau no tanque de gasolina, sob a tábua que servia como assento. Por milagre, restava um centímetro de gasolina no medidor do tanque. Gay pôs-se a verificar as mais prováveis dificuldades. Tirou as molas espirais, raspou as pontas, diminuiu os espaços, tornou a ajustá-las. Abriu o carburador para verificar se a gasolina podia passar. Girou a manivela, para verificar se o eixo não estava congelado e se os pistons não tinham enferrujado nos cilindros.

Enquanto isso, a bomba chegou e Eddie e Jones se revezaram para encher os pneus.

Gay cantarolava enquanto trabalhava. Tirou as velas de ignição e raspou as pontas, eliminando o carbono acumulado. Depois, derramou um pouco de gasolina numa lata e despejou uma parte em cada cilindro, antes de recolocar as velas. Empertigou-se.

– Vamos precisar de um par de pilhas secas. Vejam se Lee Chong nos arruma.

Mack afastou-se, voltando quase imediatamente com um grande NÃO, que Lee Chong indicara abranger todas as futuras solicitações. Gay pensou um pouco.

– Sei onde existem duas. Estão em ótimo estado. Mas não posso ir buscá-las.

– Onde estão? – indagou Mack.

– No porão da minha casa. Fazem funcionar a campainha da porta da frente. Se algum de vocês quiser entrar no porão sem que minha mulher veja, vai encontrar as pilhas no lado esquerdo da escada. Mas, pelo amor de Deus, vai ter de tomar muito cuidado para que minha mulher não veja.

Houve uma rápida conferência e Eddie foi o escolhido, partindo imediatamente.

– Se for apanhado, não mencione o meu nome – gritou Gay, enquanto Eddie se afastava.

Enquanto esperava, Gay verificou as lonas. O pedal do acelerador não chegava a encostar no chão do carro, o que indicava que ainda funcionava. Já o pedal do freio tocava no chão; ou seja, não havia freio. Mas o pedal de marcha à ré ainda tinha muita lona. Num Ford Modelo T, a marcha à ré é a margem de segurança. Quando se está sem freio, sempre se pode usar a marcha à ré. E quando a lona da primeira está gasta demais para se subir uma ladeira íngreme, pode-se virar o carro e seguir de ré. Gay percebeu que havia bastante lona na ré e concluiu que estava tudo bem.

Foi um bom presságio o fato de Eddie voltar com as pilhas secas sem qualquer problema. A Sra. Gay estava na cozinha. Eddie a ouvira andando lá em cima, mas ela não o ouvira. Ele era muito bom nessas coisas.

Gay ligou as pilhas secas, bombeou a gasolina e retardou a ignição, dizendo:

– Girem a manivela.

Gay era uma verdadeira maravilha, o pequeno mecânico de Deus, o São Francisco de todas as coisas que giram, rodopiam e explodem, o São Francisco das molas, circuitos e engrenagens. E se algum dia as pilhas de carros antigos e abandonados, Dusenbergs, Buicks, De Sotos e Plymouths, Austins e Isotta-Fraschinis, pudessem erguer um louvor a Deus num grande coro, seria principalmente graças a Gay e sua irmandade.

Um giro, apenas um pequeno giro, e o motor pegou, tossiu, falhou por um instante, pegou novamente. Gay acelerou a centelha e reduziu o fluxo de gasolina. Ele ligou o magneto e o Ford de Lee Chong pareceu rir jovialmente, como se soubesse que estava trabalhando para um homem que o compreendia.

Havia dois pequenos problemas de caráter técnico legal com o caminhão: não tinha placas recentes e não tinha luzes. Mas os rapazes penduraram um trapo sobre a placa traseira, parecendo algo acidental, embora fosse em caráter permanente. E sujaram de lama a placa da frente. O equipamento da expedição não era muito volumoso: algumas redes para caçar rãs, com cabos compridos, e vários sacos de aniagem.

Os caçadores da cidade, quando saem para uma excursão pelos campos, seguem geralmente abarrotados de comida e bebida. Mas não era o caso de Mack. Ele presumia, com toda razão, que era dos campos que vinha toda a comida. Todo o suprimento da expedição consistia de dois pedaços de pão e o que restara do cântaro de Eddie. O grupo embarcou no caminhão, com Gay ao volante e Mack sentado ao seu lado. Contornaram aos solavancos a mercearia de Lee Chong e desceram pelo terreno baldio, ziguezagueando entre as tubulações. O Sr. Malloy acenou-lhes do seu assento diante da caldeira. Gay diminuiu a marcha ao passar pela calçada e descer o meio-fio, pois os pneus da frente estavam cheios de remendos. Apesar de toda presteza com que haviam trabalhado, a tarde já começara quando partiram na expedição.

O caminhão foi parar no posto de Red Williams. Mack saltou e entregou o bilhete a Red, dizendo:

— Doc estava sem troco. Pode encher cinco galões e nos dar um dólar em vez dos outros cinco. É justamente o que Doc estava querendo. Ele teve de ir para o Sul. Tinha um negócio importante a tratar por lá.

Red sorriu afavelmente.

— Quer saber de uma coisa, Mack? Doc começou a pensar se havia alguma brecha e acabou pondo o dedo na mesma coisa que você. Doc é um cara esperto. Ele me telefonou ontem à noite.

— Está bem, pode encher os dez galões. Não, espere um instante. O tanque vai ficar tão cheio que a gasolina acabará derramando. Encha cinco galões e nos dê os outros cinco numa lata.

Red sorriu novamente.

— Doc também pensou nisso.

— Encha logo os dez galões... e não vá deixar uma só gotinha na mangueira.

A expedição não cruzou o centro de Monterey. Os problemas das placas e das luzes levaram Gay a preferir as ruas secundárias. Havia um momento, quando subissem o Carmel Hill e descessem pelo Valley, em que ficariam expostos a qualquer guarda de passagem, durante mais de 6 quilômetros de rodovia, até entrarem na estrada pouco movimentada de Carmel Valley. Gay seguiu por uma via secundária que os levou até a estrada, na altura do Peter's Gate, pouco antes do início da subida de Carmel Hill. Gay avançou ruidosamente para a subida e em 50 metros pisou no acelerador até o fundo. Mas sabia que não ia adiantar, pois o cabo estava gasto demais. No plano, não havia problema, mas a situação ficava diferente numa subida. Ele parou, manobrou o caminhão e ficou de ré para a subida. Depois, pisou no pedal e acelerou. E a marcha à ré não estava gasta. O caminhão foi se arrastando lentamente, mas firmemente, subindo a encosta de ré.

E quase conseguiu. O radiador ferveu, é claro, mas a maioria dos especialistas sempre acreditou que o Modelo T só funcionava bem quando estava fervendo.

Alguém deveria escrever um ensaio erudito sobre os efeitos morais, físicos e estéticos do Ford Modelo T na nação americana. Duas gerações de americanos conheceram melhor uma bobina Ford que o clitóris, o sistema planetário de engrenagens melhor que o sistema solar de estrelas. Com o Modelo T, parte do conceito de propriedade privada desapareceu. Os alicates deixaram de ser propriedade privada e uma bomba de pneu passou a pertencer ao último homem que a pegava. A maioria dos bebês da época foi concebida em Fords Modelo T e não foram poucos os que neles nasceram. A teoria do lar anglo-saxão ficou tão abalada que nunca mais se recuperou inteiramente.

O caminhão foi subindo o Carmel Hill em ré, passando pela estrada do Jack's Peak. Estava entrando na última e mais íngreme etapa da subida quando o motor, resfolegando, arquejou subitamente, soltou um gemido estrangulado e morreu. O silêncio parecia total. Gay, que estava de qualquer maneira virado para uma descida, deslizou por uns 15 metros e virou na estrada do Jack's Peak.

– O que foi? – indagou Mack.

– Acho que é o carburador – respondeu Gay.

O motor fervia e rangia de calor, o jato de vapor que saía pelo cano de descarga soava como o silvo de um crocodilo.

O carburador de um Modelo T não é complicado, mas precisa de todas as suas peças funcionando. Há uma válvula de agulha, e a agulha deve estar sempre virada para o buraco correspondente. Se isso não acontecer, o carburador não funciona.

Gay pegou a agulha e verificou que a ponta estava quebrada.

– Como diabo uma coisa dessas poderia ter acontecido? – indagou ele.

– Magia, apenas pura magia – disse Mack. – Pode consertar?

– Não. Temos de arrumar outra.

– Quanto custa?

– Em torno de um dólar, quando é nova... quando é usada, uns 25 *cents*.

– Tem um dólar no bolso? – perguntou Mack.

– Tenho, mas não estou precisando agora.

– Volte o mais depressa possível, está bem? Vamos ficar esperando.

– Vocês não poderiam mesmo sair daqui sem a agulha da válvula.

Gay foi até a rodovia. Sacudiu o polegar para três carros, antes que um parasse para dar carona. Os rapazes ficaram observando-o embarcar no carro e descer a encosta. Não tornaram a vê-lo por 180 dias.

Ah, a infinidade de possibilidades! Como se poderia prever que o carro que deu carona a Gay enguiçasse antes de chegar a Monterey? Se Gay não fosse um mecânico, não teria consertado o carro. Se não tivesse consertado o carro, o dono não o teria levado ao bar de Jimmy Brucia para tomar um drinque. E por que tinha de ser o aniversário de Jimmy? Entre todas as possibilidades do mundo, milhões delas, todos os eventos que ocorreram naquele dia levavam inexoravelmente à cadeia de Salinas. Sparky Enea e Tiny Colletti haviam feito as pazes depois de uma briga e estavam ajudando Jimmy a comemorar o aniversário. A loura apareceu. Começou uma discussão musical diante da vitrola. O novo amigo de Gay, que conhecia uma chave de judô, tentou demonstrá-la a Sparky. Mas a chave saiu errada e ele acabou com o pulso quebrado. O guarda estava com dor de barriga... Eram todos detalhes irrelevantes e sem qualquer relação entre si, mas levavam na mesma direção. O Destino simplesmente não queria que Gay participasse daquela caçada de rãs. Assim, o Destino deu-se a um grande trabalho, envolvendo muitas pessoas e acidentes, para mantê-lo afastado. Quando o clímax final aconteceu, com a fachada da sapataria de Holman destruída e o grupo experimentando sapatos na vitrine, somente Gay não ouviu o apito de incêndio. Foi o único que não foi ver o incêndio. Assim, quando a polícia chegou, encontrou-o sentado sozinho na vitrine quebrada da Holman, um sapato marrom num pé, um sapato preto envernizado no outro.

No caminhão, os rapazes acenderam uma pequena fogueira quando ficou escuro e o frio veio do mar. Os pinheiros sussurravam à brisa que soprava do mar. Os rapazes deitaram sobre as agulhas de pinheiros e ficaram contemplando o céu através dos galhos. Por algum tempo, comentaram as dificuldades que Gay devia estar enfrentando para arrumar uma agulha de válvula; depois, à medida que o tempo foi passando, deixaram de mencioná-lo.

– Alguém deveria ter ido com ele – disse Mack.

Por volta das 10 horas da noite, Eddie levantou-se.

– Há um acampamento de construção lá no alto do morro – disse ele. – Acho que vou dar uma olhada para verificar se eles têm algum Modelo T.

12

Monterey é uma cidade com uma longa e brilhante tradição literária. Relembra-se sempre, com prazer e alguma glória, que Robert Louis Stevenson lá viveu. A Ilha do Tesouro certamente possui a topografia e os contornos litorâneos de Point Lobos. Mais recentemente, houve em Carmel diversos homens de letras. Mas não era como antigamente, não tinham o mesmo saber, a velha dignidade das *belles lettres*. Certa ocasião, a cidade sentiu-se ultrajada pelo que considerou uma afronta a um autor. O incidente era relacionado com a morte de Josh Billings, o grande humorista.

Onde agora está a nova agência dos correios, havia antes uma ravina profunda, a água corrente lá embaixo, com uma pequena ponte de pedestres para atravessá-la. Num lado da ravina havia um adobe antigo, e no outro, a casa do médico, que cuidava de todas as doenças, nascimentos e mortes na cidade. Ele também trabalhava com animais. E tendo estudado na França, até se dedicava também à nova arte de embalsamar corpos, antes de serem enterrados. Alguns veteranos consideravam-na uma providência sentimental, outros julgavam-na um desperdício, tinha os que a encaravam como um sacrilégio, já que não havia qualquer referência a respeito nas Sagradas Escrituras. Mas as famílias melhores e mais ricas estavam aderindo à prática, que parecia ter se tornado um súbito capricho.

Certa manhã, o idoso Sr. Carriaga estava saindo de sua casa, descendo a ladeira, a caminho da Alvarado Street. Pouco antes de atravessar a ponte, sua atenção foi atraída por um garotinho e um cachorro que se esforçavam para sair da ravina.

O garoto carregava um fígado, enquanto o cachorro puxava alguns metros de intestinos, em cuja extremidade havia um estômago. O Sr. Carriaga parou e dirigiu-se polidamente ao garoto:
– Bom dia.
Naqueles tempos, os garotos sempre eram bem-educados.
– Bom dia, senhor.
– O que vai fazer com esse fígado?
– Vou preparar iscas para pescar algumas cavalas.
O Sr. Carriaga sorriu.
– E o cachorro também vai pescar cavalas?
– O cachorro encontrou isso. É dele, senhor. Encontramos na ravina.
O Sr. Carriaga sorriu novamente e afastou-se. Mas a cabeça desatou a funcionar. O fígado era pequeno demais para ser de boi. E também não era um fígado de bezerro, pois era vermelho demais. Não era um fígado de ovelha... Ele estava subitamente alerta. Na esquina, encontrou-se com o Sr. Ryan, a quem perguntou:
– Alguém morreu em Monterey ontem à noite?
– Pelo que eu saiba, não.
– Alguém foi morto?
– Não.
Foram caminhando juntos e o Sr. Carriaga relatou o encontro com o garoto e o cachorro.
No bar Adobe, diversos cidadãos estavam reunidos para a conversa matutina. O Sr. Carriaga tornou a relatar sua história aos presentes. Quando estava acabando, o guarda entrou no Adobe. Era a pessoa mais indicada para informar se alguém morrera em Monterey.
Interrogado, o guarda respondeu:
– Ninguém morreu em Monterey. Mas Josh Billings morreu no Hotel del Monte.

Os homens no bar ficaram em silêncio, o mesmo pensamento ocorrendo a todos. Josh Billings era um grande homem, um grande escritor. Honrara Monterey ao morrer ali, mas fora degradado. Sem muita discussão, foi formado um comitê, integrado por todos os presentes. Os homens mais resolutos encaminharam-se rapidamente para a ravina, atravessaram a ponte e foram bater na porta do médico que estudara na França.

Ele trabalhara até tarde. As batidas na porta arrancaram-no da cama. Abriu a porta com os cabelos desgrenhados, barba por fazer e de chambre. O Sr. Carriaga interrogou-o firmemente:

– Embalsamou Josh Billings?
– Ah...? Embalsamei, sim...
– E o que fez com as tripas?
– Ora, joguei na ravina, como sempre faço.

Obrigaram-no a se vestir apressadamente e depois seguiram para a praia. Se o garoto tivesse trabalhado depressa, seria tarde demais. Ele estava entrando no barco quando o comitê chegou. Os intestinos estavam na areia, onde o cachorro os abandonara.

O médico francês foi obrigado a recolher tudo. Fizeram-no lavar os órgãos reverentemente, tirando o máximo de areia que era possível. O próprio médico teve de pagar as despesas com a caixa de chumbo que foi colocada no caixão de Josh Billings, pois Monterey não era uma cidade que permitisse a desonra a um homem de letras.

13

Mack e os rapazes dormiram serenamente sobre as agulhas dos pinheiros. Eddie voltou pouco antes do amanhecer. Tivera de andar um bocado até encontrar um Modelo T. E quando aconteceu, ficou pensando se seria ou não uma boa ideia levar apenas a agulha. Afinal, podia não se ajustar. Acabou tomando uma decisão e tirou o carburador inteiro. Os rapazes não acordaram quando Eddie chegou. Ele também deitou e dormiu sob os pinheiros. Havia uma coisa extraordinária nos Modelos T. As peças não apenas serviam a todos os veículos, mas também não se podia distinguir uma da outra.

A paisagem que se contempla do alto de Carmel é espetacular. Pode-se ver a baía em curva, as ondas espumantes desmanchando-se na areia, as dunas ondulantes, a cidade aprazível e acolhedora ao pé da encosta.

Mack levantou-se ao amanhecer e ajeitou a calça, amarrando-a. Ficou de pé, contemplando a baía. Podia ver algumas traineiras entrando na baía. Um petroleiro estava atracado em Seaside, abastecendo-se de petróleo. Por trás dele, coelhos agitavam-se nos arbustos. Pouco depois, o sol se levantou, sacudindo o frio da noite do ar, da mesma forma como se sacode um tapete. Ao sentir o primeiro calor do sol, Mack teve um sobressalto.

Os rapazes comeram um pouco de pão, enquanto Eddie instalava o novo carburador. Assim que o caminhão ficou pronto, não se deram ao trabalho de dar partida. Simplesmente empurraram para a estrada e foram deslizando com o carro engrenado, até que o motor funcionou. Com Eddie ao volante, subiram o resto da encosta de ré, chegaram ao topo, deram a volta e seguiram de frente, passando por Hatton Fields. Em Carmel Valley, as plantações de alcachofra estendiam-se interminavelmente, entre verdes e cinzentas, os salgueiros despencavam exuberantes à beira do rio. Viraram à esquerda, subindo pelo vale. A sorte ajudou-os desde o início. Um empoeirado galo vermelho Rhode Island, que vagueava muito longe de sua fazenda, cometeu a imprudência de tentar atravessar a estrada. Eddie atropelou-o, sem precisar se desviar muito da estrada. Sentado atrás do caminhão, Hazel pegou o galo na passagem e pôs-se a depená-lo. As penas vermelhas voavam de sua mão, a prova mais amplamente dispersa de que se tem notícia, levadas pela brisa matutina que soprava de Jamesburg, algumas sendo depositadas em Point Lobos, outras caindo no mar.

O Carmel é um riozinho adorável. Não é muito comprido, mas em seu curso tem tudo o que um rio deve ter. Começa nas montanhas, desce atabalhoadamente por alguma distância, passa por corredeiras, é represado para formar um lago, derrama-se por cima da barreira, contorna imensos matacães arredondados, vagueia preguiçosamente sob plátanos, forma remansos em que vivem trutas, desliza entre margens em que vivem lagostins. No inverno, torna-se uma torrente, um pequeno rio impetuoso; no verão, é um rio para divertir as crianças, que nele mergulham alegremente, um paraíso para os pescadores. As rãs pululam em suas margens, povoadas de samambaias. Cervos e raposas vêm saciar a sede no Carmel, secretamente, ao amanhecer e ao anoitecer. De vez em quando, aparece um leão-das-montanhas. As fazendas do vale pequeno e fértil começam no rio, de onde tiram a água para irrigar os pomares e hortas. Ouve-se a todo instante os gritos das perdizes e os pombos aparecem ao crepúsculo. Os guaxinins rondam suas margens, à procura de rãs. É tudo o que um rio deve ser.

Alguns quilômetros vale acima, o rio passa sob um penhasco alto, do qual pendem trepadeiras e samambaias. Na base desse penhasco, há um remanso, verde e profundo. No outro lado, há uma pequena extensão de areia, um ótimo lugar para sentar e fazer uma refeição.

Mack e os rapazes chegaram a esse lugar na maior felicidade. Era perfeito. Se houvesse rãs disponíveis, seriam encontradas ali. Era um lugar para relaxar, um lugar para ser feliz. No caminho, haviam prosperado consideravelmente. Além do galo vermelho, possuíam agora um saco de cenouras que caíra de um caminhão de legumes, meia dúzia de cebolas que não tinham caído de lugar nenhum. Mack trazia no bolso um saco de café. No caminhão, havia uma lata de cinco galões com a parte superior cortada. O cântaro estava quase pela metade. E não haviam sido esquecidas coisas essenciais como sal e pimenta. Mack e os rapazes estavam convencidos de que qualquer pessoa que viajava sem sal, pimenta e café só podia ser muito tola.

Sem esforço, confusão ou muito pensar, quatro pedras redondas foram agrupadas na pequena praia. O galo que desafiara o nascer do sol naquele mesmo dia estava limpo e desmembrado dentro da água, na lata de cinco galões, cercado por cebolas cortadas, enquanto uma pequena fogueira de gravetos secos de salgueiro ardia entre as pedras. Era uma fogueira bem pequena, porque somente os tolos acendem fogueiras grandes. Levaria bastante tempo para cozinhar o galo, que levara bastante tempo para alcançar seu tamanho e musculosidade. Mas quando a água se pôs a ferver gentilmente ao redor do galo, foi muito bom o cheiro que se desprendeu desde o início.

Mack os instigou:

– A melhor ocasião para pegar rãs é à noite. Por isso, acho que vou dormir até escurecer.

Sentaram na sombra e, um a um, foram se deitando e dormindo.

Mack estava certo. As rãs não costumam aparecer durante o dia. Ficam escondidas, debaixo das samambaias, olhando furtivamente de buracos sob as pedras. A melhor maneira de se pegar rãs é com uma lanterna à noite. Os homens dormiram sabendo que teriam bastante atividade depois do anoitecer. Somente Hazel ficou acordado, a fim de alimentar a pequena fogueira sob o galo a cozinhar. Volta e meia, Hazel espetava os músculos do galo com o canivete.

Não há uma tarde dourada junto ao penhasco. Quando o sol seguiu adiante, por volta das duas horas da tarde, uma sombra amena se estendeu sobre a praia. Os plátanos farfalhavam à brisa da tarde. Pequenas cobras-d'água deslizavam pelas rochas e entravam gentilmente na água, nadando pelo remanso, as cabeças erguidas como pequenos periscópios, e uma pequena esteira ondulante ficava para trás. Uma truta grande pulou na água. Borrachudos e outros mosquitos, que evitam o sol, não demoraram a aparecer, zumbindo sobre a superfície do remanso. Todos os insetos de sol, moscas, libélulas, marimbondos, vespas, trataram de se recolher. E enquanto a sombra se estendia pela praia, quando a primeira perdiz emitiu o seu chamado, Mack e os rapazes despertaram. O cheiro do guisado de galo estava agora inebriante. Hazel acrescentara uma folha de louro, que pegara numa árvore à beira do rio. As cenouras também estavam dentro da lata. O café em seu próprio suporte estava esquentando na pedra, longe o bastante do fogo para não ferver. Mack acordou, levantou, espreguiçou-se, cambaleou até a água, molhou o rosto com as mãos em concha, assoou o nariz, cuspiu, lavou a boca, peidou, apertou o cinto, coçou as pernas, penteou os cabelos úmidos com os dedos, tomou um gole do cântaro, arrotou e foi sentar junto ao fogo, comentando:

– Por Deus, esse negócio está cheirando bem!

Todos os homens fazem mais ou menos as mesmas coisas quando despertam. O processo de Mack foi repetido pelos outros, em linhas gerais. E não demorou muito para que todos estivessem em torno do fogo, cumprimentando Hazel, que mais uma vez espetou os músculos do galo com o canivete.

– Ele não vai ser o que se poderia chamar de tenro – comentou Hazel. – Seria preciso cozinhar esse galo por duas semanas para que ficasse macio. Na sua opinião, Mack, que idade ele tinha?

– Estou com 48 anos e não sou tão duro quanto ele – respondeu Mack.

Eddie indagou:

– Até que idade uma galinha pode chegar, se ninguém a pegar para a panela ou não ficar doente?

– Está aí uma coisa que ninguém vai descobrir – disse Jones.

Era um momento agradável. O cântaro passava de mão em mão, esquentando-os. Jones acrescentou:

– Eddie, não estou querendo me queixar, mas apenas pensando. Vamos supor que tivesse dois ou três cântaros lá no bar. Podia despejar uísque em um, vinho em outro, cerveja no terceiro...

Um silêncio ligeiramente chocado seguiu-se a essa sugestão. Jones apressou-se em acrescentar:

– Não quis fazer nenhuma insinuação. Gosto mesmo assim como está... – Jones passou a falar demais, porque sabia que cometera uma gafe e não conseguira se controlar. – O que eu mais gosto assim como está é que nunca dá para saber qual tipo de porre a gente vai tomar. O que não acontece com o uísque, por exemplo. A gente sabe mais ou menos o que vai fazer. Um cara brigão acaba brigando, o chorão desata a chorar. Mas com isto... – Ele fez uma pausa, magnânimo. – ... Ora, a gente nunca sabe se vai escalar um pinheiro ou nadar até Santa Cruz. – Outra pausa e ele arrematou debilmente: – É mais divertido assim...

– Por falar em nadar – disse Mack, para desviar a conversa e fazer Jones se calar –, fico imaginando o que teria acontecido com McKinley Moran. Lembram-se dele, aquele mergulhador?

– Claro que lembro – disse Hughie. – A gente estava sempre junto. Ele não conseguia muito trabalho e então desandou a beber. Não é moleza o cara mergulhar e beber. E também viver preocupado. Finalmente ele vendeu o escafandro, o capacete, a bomba, estava sempre de porre, até que deixou a cidade. Não sei onde foi se meter. Já não prestava grande coisa depois que desceu atrás daquele carcamano que afundou com a âncora do *Twelve Brothers*. Estourou os tímpanos e nunca mais foi o mesmo depois disso. E o mais engraçado é que não aconteceu nada com o carcamano.

Mack tomou outro gole do cântaro.

– Ele ganhava um bocado de grana durante a Lei Seca. Ganhava 25 dólares por dia do governo para mergulhar à procura de bebida no fundo do mar e recebia três dólares de Louie por caixa que não encontrava. Ele dava um jeito de só pegar uma caixa por dia, para deixar o governo feliz. Louie não se importava com isso. Era mesmo a melhor coisa, para o governo não pensar em contratar outros mergulhadores. McKinley ganhou dinheiro que não acabava mais.

– Foi isso mesmo – confirmou Hughie. – Mas ele era como todo mundo, que arruma uma grana e quer logo casar. E casou três vezes antes de sua grana acabar. Dava sempre para a gente saber o que ia acontecer. Ele comprava uma pele de raposa branca e pimba!... no instante seguinte estava casado.

– Fico imaginando o que terá acontecido com Gay – murmurou Eddie.

Era a primeira vez que se referiam a Gay.

– Acho que a mesma coisa – comentou Mack. – Nunca se pode confiar num cara casado. Não importa o quanto ele deteste a mulher, sempre acaba voltando para ela. Começa a pensar e a remoer e volta sempre para a mulher. Não se pode mais confiar nele. Vejam o caso de Gay. A mulher bate nele. Mas aposto que sempre que fica três dias longe dela, Gay começa a pensar que foi culpa sua e acaba voltando para fazer as pazes.

Comeram com demora, requinte, cortando os pedaços do galo e segurando os pedaços a gotejarem até que esfriassem, depois roendo a carne musculosa dos ossos. Espetaram as cenouras com gravetos pontudos de salgueiro e depois passaram a lata de mão em mão para tomarem o caldo. E ao redor deles o anoitecer vinha se insinuando, tão delicadamente quanto música. As perdizes começaram a se chamar de um lado para outro da água. Uma truta pulou no remanso. E as mariposas baixaram, pairando sobre a superfície da água, enquanto a claridade do dia se misturava com a escuridão. Passaram a lata de café. Estavam aquecidos, alimentados, silenciosos. Mack finalmente falou:

– Como eu detesto mentirosos!

– E quem andou mentindo para você? – indagou Eddie.

– Não me importo que um cara diga uma mentirinha de vez em quando para ajeitar as coisas ou animar uma conversa, mas detesto o cara que mente para si mesmo.

– E quem fez isso? – insistiu Eddie.

– Eu mesmo. E talvez vocês também. Aqui estamos nós, a turma inteira esmolambada. Inventamos a história de que queríamos dar uma festa para Doc. Por isso viemos até aqui e estamos nos divertindo a valer. Depois, vamos voltar e receber a grana de Doc. Somos cinco e por isso vamos beber cinco vezes mais do que ele. Não sei se estamos fazendo tudo isso pelo Doc ou por nós mesmos. E Doc é um cara bacana demais para a gente fazer uma coisa dessas com ele. É o cara mais bacana que já conheci. Não quero ser o tipo de cara capaz de se aproveitar dele. Houve uma ocasião em que joguei uma conversa em cima dele para lhe arrancar um dólar. Era uma história comprida. No meio da coisa, eu já tinha percebido que Doc sabia que era conversa mole. Resolvi dizer: "Doc, tudo isso não passa de mentira!" Ele meteu a mão no bolso e tirou um dólar, dizendo: "Mack, qualquer cara que precisa desesperadamente de um dólar a ponto de inventar uma mentira, então é porque está mesmo necessitado." Ele me deu o dólar e paguei no dia seguinte. Não gastei o dinheiro. Fiquei com ele durante a noite e devolvi no dia seguinte.

Hazel comentou:

– Ninguém gosta de uma festa mais que o Doc. Vamos dar logo a festa. Qual é o problema?

– Não sei – respondeu Mack. – Eu apenas gostaria de dar ao Doc alguma coisa que eu não fosse aproveitar a maior parte.

– O que me dizem de um presente? – sugeriu Hughie. – Podíamos comprar o uísque, dar ao Doc e deixar que ele faça o que bem quiser.

– Agora está falando certo! – exclamou Mack. – É exatamente o que vamos fazer. Vamos dar o uísque e depois nos mandarmos.

– Já sabem o que vai acontecer – disse Eddie. – Henri e aquela turma de Carmel vão sentir o cheiro do uísque e em vez de nós cinco apenas vai haver mais de vinte caras para tomar o uísque. Doc me disse uma vez que eles podem sentir o cheiro de um bife assando em Cannery Row até Point Sur. Acho que não vai dar certo. O melhor é nós mesmos darmos a festa.

Mack pensou por um momento no argumento.

– Talvez você tenha razão, Eddie. Mas vamos supor que a gente dê outra coisa que não uísque. Podíamos dar abotoaduras com as iniciais dele.

– Essa não! – interveio Hazel. – O Doc não gosta dessas coisas.

A noite já os envolvera e as estrelas brilhavam no céu. Hazel alimentou a fogueira, espalhando alguma claridade pela praia. No alto da encosta, uma raposa ladrava. O cheiro das salvas era cada vez mais forte. As águas sussurravam sobre as pedras, ao saírem do remanso profundo.

Mack estava meditando sobre o último argumento quando o som de passos o fez virar-se rapidamente. Um homem moreno e grandalhão se aproximou, com uma espingarda no braço e um *pointer* andando em seus calcanhares, parecendo meio assustado.

– Que diabo estão fazendo aqui? – perguntou o homem.

– Nada – respondeu Mack.

– Isso é propriedade particular e tem placas por toda parte. É proibido pescar, caçar, acender fogueiras, fazer acampamentos. E agora peguem as suas coisas, apaguem esse fogo e sumam daqui!

Mack levantou, com uma expressão humilde, murmurando:

– Eu não sabia, capitão. Juro que não vimos nenhuma placa, capitão.

– Há placas por toda parte. Não podem deixar de ter visto.

– Escute, capitão. Cometemos um erro e lamentamos muito. – Mack fez uma pausa, olhando atentamente para o vulto de ombros caídos. – É militar, não é mesmo, senhor? Sempre posso perceber. Os militares não carregam os ombros da mesma forma que os homens comuns. Passei muito tempo no Exército e posso sempre perceber a diferença.

Imperceptivelmente, os ombros do homem se empinaram. Não era nada óbvio, mas ele se apressou em assumir uma postura diferente.

– Não permito fogueiras na minha propriedade.

– Desculpe, capitão. Já vamos embora. É que estamos trabalhando para alguns cientistas, tentando pegar algumas rãs. Eles estão trabalhando numa pesquisa de câncer e viemos pegar algumas rãs para ajudar.

O homem hesitou por um instante e depois indagou:

– E o que esses cientistas estão querendo fazer com as rãs?

– Eles contaminam as rãs, senhor, a fim de poderem estudar e fazer experiências. Eles estão perdidos se não puderem arrumar algumas rãs. Mas se não quer a gente em sua propriedade, capitão, vamos sair imediatamente. Nunca teríamos vindo, se soubéssemos.

Subitamente, Mack pareceu ver o *pointer* pela primeira vez. E disse, entusiasmado:

– Por Deus, tem uma linda cadela! Ela parece com Nola, que ganhou as provas de campo na Virgínia no ano passado. Ela é da Virgínia, capitão?

O homem hesitou por um instante e depois mentiu:

– É, sim. Está capenga agora. Pegou um carrapato no ombro.

Mack mostrou-se imediatamente solícito:

– Importa-se que eu dê uma olhada, capitão? Venha até aqui, menina, venha... – A cadela olhou para o dono e depois se aproximou de Mack, que acrescentou, para Hazel: – Ponha mais alguns gravetos no fogo para eu poder ver direito.

– Fica bem no alto, onde ela não pode lamber – disse o homem, inclinando-se por cima do ombro de Mack, para olhar.

Mack apertou e arrancou algum pus da ferida de aparência horrível na cadela.

– Tive um cachorro que estava assim. A coisa foi ficando cada vez mais funda, até que ele morreu. A cadela acabou de ter filhotes, não é mesmo?

– Teve seis. Passei iodo na ferida.

– Não vai conseguir tirar o carrapato com iodo – declarou Mack. – Tem sal de Epsom na sua casa?

– Tenho, sim. Um vidro grande.

– Deve fazer uma cataplasma quente de sal de Epsom e pôr na ferida. Ela está muito fraca por causa dos filhotes. Seria uma pena se ficasse doente agora. Perderia também os filhotes.

A cadela olhou fundo nos olhos de Mack e depois lhe lambeu a mão.

– Vamos fazer uma coisa, capitão. Cuidarei dela pessoalmente. O sal de Epsom vai resolver o problema. É a melhor coisa.

O homem afagou a cabeça da cadela.

– Quer saber de uma coisa? Tenho um açude perto da minha casa que está tão cheio de rãs que nem consigo dormir direito à noite. As rãs passam a noite inteira fazendo a maior barulheira. Eu ficaria muito contente em me livrar delas.

– É muita generosidade sua, capitão – disse Mack. – Aposto que aqueles cientistas vão lhe ficar profundamente gratos. Mas eu também gostaria de providenciar uma cataplasma para essa cadela.

Ele virou-se para os outros e acrescentou:

– Apaguem o fogo. Não deixem nenhuma brasa e limpem o terreno ao redor. Não vamos deixar nenhuma sujeira por aqui. Enquanto isso, o capitão e eu vamos cuidar da Nola. Vocês devem nos seguir assim que tiverem arrumado tudo por aqui.

Mack e o homem se afastaram. Hazel chutou areia sobre o fogo, comentando:

– Aposto como Mack poderia ser presidente dos Estados Unidos, se quisesse.

– O que ele poderia fazer se fosse presidente? – indagou Jones. – Não há nada de divertido nisso.

14

O amanhecer é um momento de magia em Cannery Row. Naquele momento cinzento em que a primeira claridade da manhã já despontou, mas o sol ainda não começou a sua escalada pelo céu, Cannery Row parece estar suspensa fora do tempo, em meio a uma luz prateada. Os lampiões da rua já se apagaram e as plantas apresentam um verde intenso. O ferro corrugado das fábricas brilha com a luminosidade suave de platina ou peltre. Não há automóveis trafegando nesse momento. A rua está silenciosa, livre do progresso e dos negócios. Pode-se ouvir claramente o marulho das ondas chocando-se contra as estacas dos quebra-mares das fábricas. É um momento de paz profunda, um momento deserto, um pequeno lapso de repouso. Gatos pulam por cima de cercas e deslizam pelo chão, à procura de cabeças de peixe. Os silenciosos cães madrugadores desfilam de forma majestosa, escolhendo criteriosamente os lugares em que mijar. As gaivotas se aproximam e vão pousar nos telhados das fábricas, esperando pelo passar do dia. Ficam sentadas, ombro a ombro, na expectativa. Dos rochedos perto da Estação Marinha de Hopkins vêm os rugidos dos leões-marinhos, lembrando os latidos de sabujos. O ar é um pouco frio, revigorante. Nos quintais, os geômis erguem os seus montinhos de terra úmida matutinos, saindo para irem buscar flores que armazenam em suas tocas. Bem poucas pessoas já estão de pé, apenas o suficiente para fazer com que a rua pareça ainda mais deserta. Uma das garotas de Dora volta de uma visita domiciliar a um freguês rico demais ou muito doente para visitar o Bear Flag. A maquiagem está um pouco borrada, os pés estão cansados. Lee Chong carrega as latas de lixo para enfileirá-las no meio-fio. O velho chinês sai do mar e atravessa a rua, a sola despregada fazendo o barulho habitual. Os vigias noturnos das fábricas dão uma olhada pela rua, piscando os olhos diante da claridade. O leão de chácara do Bear Flag sai para a varanda vestindo uma camiseta, espreguiça, boceja, coça a barriga. Os roncos dos inquilinos do Sr. Malloy ressoam sonoramente nas tubulações, parecendo sair de túneis profundos. É uma hora diferente, o intervalo entre o dia e a noite, quando o tempo para e examina a si mesmo.

Numa manhã assim, com uma claridade assim, dois soldados e duas garotas avançaram tranquilamente pela rua. Tinham saído de La Ida, estavam muito cansados e muito felizes. As garotas eram robustas, seios grandes, os cabelos louros ligeiramente desgrenhados. Usavam vestidos estampados de raiom, agora amarrotados e grudando em suas convexidades. Cada garota usava o quepe de um soldado, em uma delas empurrado para trás da cabeça, na outra com a pala quase encostando no nariz. Eram garotas de lábios cheios, nariz grande, quadris acentuados. E estavam extremamente cansadas.

As túnicas dos soldados estavam desabotoadas e os cintos estavam pendurados nas dragonas. As gravatas tinham sido abaixadas, para que pudessem desabotoar os colarinhos das camisas. E os soldados usavam os chapéus das garotas, um chapéu de palha amarelo, com um ramo de margaridas no alto, e o outro de tricô branco, com medalhões azuis de celofane. Caminhavam de mãos dadas, as mãos balançando ritmadamente. O soldado que ia pelo lado externo da calçada levava uma sacola de papel cheia de cerveja gelada em lata. Avançavam suavemente pela tênue luz do amanhecer. Haviam se divertido a valer e sentiam-se maravilhosamente bem. Sorriam deliciados, como crianças exaustas a se recordarem de uma festa. Olhavam um para o outro, sorriam, balançavam as mãos. Passando pelo Bear Flag, disseram "Olá" ao leão de chácara, que estava coçando a barriga. Escutaram os roncos que saíam dos tubos e riram um pouco. Pararam diante da loja de Lee Chong e contemplaram a vitrine desarrumada, em que ferramentas, roupas e alimentos lutavam para chamar atenção. Balançando as mãos, arrastando os pés, chegaram ao fim de Cannery Row e seguiram pelos trilhos da estrada de ferro. As garotas subiram nos trilhos e foram andando por cima, enquanto os soldados passavam o braço pelas cinturas rechonchudas, para evitar que elas caíssem. Passaram pelos galpões dos barcos e entraram na propriedade da Estação Marinha de Hopkins, que se assemelhava a um parque. Há uma pequena praia em curva diante da estação, quase uma praia em miniatura, entre pequenos recifes. As ondas gentis da manhã deslizavam pela praia, sussurrando suavemente. O cheiro agradável das algas provinha das rochas expostas. Quando os quatro chegaram à praia, uma lasca do sol emergiu na ponta da baía, dourando as águas, deixando os rochedos amarelos. As garotas sentaram na areia formalmente, puxando as saias por cima dos joelhos. Um dos soldados fez buracos em quatro latas de cerveja e distribuiu-as. E depois os homens deitaram, repousando as cabeças nos colos das garotas, contemplando os rostos delas. E sorriram, partilhando um segredo cansado, tranquilo e maravilhoso.

Lá em cima, junto à estação, soou o latido de um cachorro. O vigia noturno, um homem moreno e soturno, vira os quatro; seu *cocker spaniel*, preto e também soturno, vira igualmente. O vigia gritou lá de cima. Como ninguém se mexeu, desceu até a praia, o cachorro sempre latindo, monotonamente.

– Não sabem que não podem ficar aqui? Vão ter de sair agora mesmo! Isto é propriedade particular!

Os soldados pareciam nem estar vendo o vigia. Continuavam a sorrir, enquanto as garotas continuavam a acariciar-lhes as têmporas. Finalmente, em câmara lenta, um dos soldados virou a cabeça, de tal forma que a face ficou aninhada entre as pernas da garota. Sorriu benevolentemente para o vigia.

– Por que não vai amolar o diabo? – disse ele, suavemente, voltando em seguida a contemplar a garota.

O sol iluminava os cabelos louros da garota, enquanto ela coçava atrás da orelha do soldado. Nem perceberam quando o vigia se afastou.

15

Quando os rapazes chegaram à casa da fazenda, Mack estava na cozinha. A cadela estava deitada de lado e ele segurava um pano quente com sais de Epsom contra a mordida de carrapato. Entre as pernas da cadela, os filhotes roliços aninhavam-se e se empurravam em busca de leite. A cadela olhava pacientemente para o rosto de Mack, parecendo dizer: "Está vendo como é? Tento explicar, mas ele não é capaz de compreender."

O capitão segurava um lampião e olhava para Mack.

– Fico contente em saber disso – murmurou ele.

– Não quero lhe ensinar como deve fazer as coisas, senhor – disse Mack –, mas esses filhotes precisam ser desmamados. Ela não tem mais nenhum leite e os filhotes estão começando a mordê-la toda.

– Sei disso. Devia ter afogado todos, menos um. Mas é que ando ocupado demais procurando manter tudo em funcionamento. As pessoas não se interessam mais por cachorros passarinheiros como antigamente. Agora, só querem saber de *poodles*, *boxers* e *dobermans*.

– Tem toda razão. E posso garantir que não existe um cachorro igual ao *pointer* para um homem. Não consigo atinar o que deu nas pessoas. Mas não seria capaz de afogar os filhotes, não é mesmo, senhor?

– É que estou começando a ficar doido desde que minha mulher se meteu em política. Ela foi eleita para a assembleia por este distrito. E quando a assembleia não está em sessão, ela está correndo de um lado para outro a fazer discursos. E quando está em casa, passa o tempo todo estudando coisas e escrevendo textos.

– Deve ser horrível... isto é, deve se sentir muito sozinho – comentou Mack. – Se eu tivesse um filhote assim... – Ele pegou um dos filhotes de rosto peludo que se debateu freneticamente. – ... aposto que daqui a três anos teria um cão passarinheiro de verdade.

– Não gostaria de ficar com um? – indagou o capitão.

Mack levantou a cabeça bruscamente.

– Está querendo dizer que me deixaria ficar com um? Mas é claro que eu adoraria!

– Pode escolher à vontade. Parece que ninguém mais entende os cães passarinheiros.

Os rapazes ficaram parados na cozinha, acumulando impressões rapidamente. Era evidente que a mulher do homem estava longe, como se podia constatar pelas latas abertas, a frigideira com o rendilhado de ovos fritos ainda grudado, os restos de comida na mesa da cozinha, a caixa de cartuchos da espingarda aberta em cima da cesta de pão. Tudo isso denunciava a ausência de uma mulher, enquanto os papéis nas prateleiras de louça e as toalhas pequenas demais, penduradas nos ganchos, indicavam que uma mulher por lá passara. Os rapazes ficaram contentes pelo fato de a mulher não estar presente, inconscientemente. As mulheres que punham papéis nas prateleiras e penduravam toalhas pequenas daquele jeito antipatizavam e desconfiavam instintivamente de Mack e os rapazes. Tais mulheres sabiam que eles constituíam a pior ameaça a um lar, pois ofereciam tranquilidade, consideração e companheirismo, em oposição a ordem, limpeza e propriedade. Por tudo isso, ficaram felizes pela ausência dela.

O capitão parecia agora estar sentindo que os rapazes lhe prestavam um favor. Não queria que fossem embora. E disse, hesitante:

– Não gostariam de tomar alguma coisa para esquentar, antes de saírem para pegar as rãs?

Os outros olharam para Mack, que franziu o rosto, como se estivesse pensando.

– Quando estamos numa expedição científica, adotamos como regra não tocar em bebida. – Mack fez uma pausa, antes de se apressar em acrescentar, como se receasse ter ido longe demais: – Mas tendo em vista que está sendo tão generoso com a gente... eu não me importaria em tomar um trago pequeno. Mas não posso responder pelos rapazes.

Todos concordaram que também não se importariam de tomar um trago pequeno. O capitão pegou uma lanterna e desceu para o porão. Os rapazes podiam ouvi-lo arrastando madeira e caixas. O capitão logo voltou, trazendo nos braços um barrilete de carvalho de cinco galões. Colocou-o em cima da mesa e explicou:

– Durante a Lei Seca, arrumei algum uísque de milho e tratei de guardar. Lembrei de verificar como está agora. Já é bastante velho. Quase tinha esquecido. É que minha mulher...

Ele não continuou a frase, porque era evidente que os rapazes compreendiam. O capitão tirou a rolha de carvalho do barrilete e pegou copos numa prateleira forrada de papel. Não é fácil despejar um pequeno trago de um barrilete de cinco galões. Cada um recebeu meio copo comum do líquido marrom-claro. Ficaram esperando cerimoniosamente pelo capitão e depois disseram:

– À nossa!

E beberam, saboreando com as línguas, estalando os lábios, uma expressão distante nos olhos.

Mack contemplou o seu copo vazio, como se houvesse alguma mensagem sagrada escrita no fundo. Depois, levantou os olhos e disse:

– Não pode se dizer nada a respeito. É o tipo de coisa que não se põe em garrafas. – Ele respirou fundo e depois sugou o ar ao sair. – Acho que nunca provei nada tão bom.

O capitão parecia satisfeito. Seus olhos foram pousar no barrilete.

– É mesmo muito bom. Será que poderíamos tomar outro?

Mack tornou a olhar para seu copo vazio e concordou:

– Talvez um trago pequeno. Mas não seria mais fácil se derramasse um pouco num cântaro? Desse jeito, vai acabar derramando uma boa parte.

Duas horas depois, eles finalmente recordaram por que estavam ali.

O açude em que estavam as rãs devia ter uns 15 metros de largura por 20 metros de comprimento, não chegando a 1 metro nos lugares mais fundos. Uma vegetação exuberante crescia ao redor. Uma vala trazia a água do rio e outras valas menores levavam-na para o pomar. Havia mesmo rãs ali, milhares de rãs. Suas vozes ressoavam pela noite, os grasnados eram incessantes. Cantavam para as estrelas, para a lua pálida, para a grama ondulante. Entoaram canções de amor e lançavam desafios. Os homens avançaram pela escuridão na direção do açude. O capitão levava um cântaro quase cheio de uísque e cada homem tinha o próprio copo. Ele arrumara também lanternas que funcionavam. Hughie e Jones carregavam sacos de aniagem. Quando chegaram perto, apesar de andarem furtivamente, as rãs ouviram. A noite estivera povoada pelos cantos das rãs até aquele momento, mas subitamente reinou um silêncio total. Mack e os rapazes, assim como o capitão, sentaram no chão para tomarem um último trago e planejarem a campanha. E o plano era ousado.

Durante milênios, as rãs e os homens tinham vivido no mesmo mundo. É provável que os homens tenham caçado rãs desde o princípio dos tempos. Ao longo dos séculos, foi se desenvolvendo um padrão de caçada e defesa. O homem, com a rede, flecha, lança ou arma de fogo, se aproxima da rã, silenciosamente. Ou pelo menos é o que pensa. O padrão exige que a rã permaneça inteiramente imóvel, esperando. As regras do jogo determinam que a rã aguarde até a última fração de segundo, quando a rede está descendo, a lança está no ar, o dedo aperta o gatilho. É nesse instante que a rã pula, cai na água, nada até o fundo e fica esperando que o homem se afaste. É assim que se faz, é assim que sempre foi feito. As rãs têm todo o direito de esperar que seja sempre feito assim. De vez em quando, a rede é por demais veloz, a lança penetra, a bala atinge o alvo e a rã está liquidada. Mas tudo isso é justo, está dentro das regras do jogo. As rãs não guardam ressentimento. Mas como poderiam ter previsto o método novo de Mack? Como poderiam ter imaginado o horror que se seguiu? O súbito acender de luzes, os gritos e os guinchos de homens, pés correndo. Cada rã pulou, mergulhou na água, nadou freneticamente para o fundo. E no instante seguinte a fileira de homens entrou no açude, batendo os pés, agitando a água, avançando implacavelmente, inexoravelmente. Histericamente, as rãs deixaram os seus plácidos lugares, nadaram para frente, procurando escapar dos pés implacáveis. Mas os pés continuaram a avançar. As rãs são boas nadadoras, mas não têm muita resistência. Foram se afastando pelo açude, até que finalmente ficaram agrupadas e amontoadas na extremidade. E os pés implacáveis, os corpos mergulhados, continuaram a persegui-las. Algumas rãs desesperadas se jogaram entre os pés; essas foram salvas. Mas a maioria decidiu deixar o açude para sempre, em busca de um novo lar, uma nova terra, em que coisas assim não acontecessem. Uma onda de rãs frenéticas e frustradas, grandes e pequenas, marrons e verdes, machos e fêmeas, uma onda imensa, subiu pela margem, arrastando-se, pulando, tropeçando. Subiram pela relva, agarrando-se umas nas outras, as menores passando por cima das maiores. E então, o horror dos horrores, foram encontradas pelas lanternas. Dois homens começaram a recolhê-las como se fossem amoras. A fila de pés saiu da água e se aproximou pela retaguarda, fechando o cerco, amontoando as rãs como batatas. Às dezenas, foram jogadas nos sacos de aniagem, que logo se encheram de rãs cansadas, assustadas, desiludidas, rãs pingando, se lamuriando. É claro que algumas escaparam e outras ficaram a salvo no açude. Mas nunca, na história das rãs, ocorrera tamanho massacre. Eram rãs aos quilos, às dezenas de quilos. Não foram contadas, mas devia haver entre seiscentas e setecentas rãs. Depois, na maior felicidade, Mack amarrou as bocas dos sacos. Estavam ensopados, a água pingando, o ar era frio. Para não pegarem um resfriado, tomaram um último trago na relva, antes de voltarem para a casa.

É duvidoso que o capitão jamais tenha se divertido tanto. Sentia uma dívida de gratidão para com Mack e os rapazes. Mais tarde, quando as cortinas pegaram fogo, que foi apagado com as toalhas pequenas, o capitão disse aos rapazes que não se preocupassem com isso. Achava que era uma honra deixá-los queimarem sua casa inteira, se assim o desejassem.

– Minha esposa é uma mulher maravilhosa – declarou o capitão, numa espécie de discurso emocionado. – A mulher mais maravilhosa do mundo. Devia ter nascido homem. Se fosse homem, eu não teria casado com ela.

Ele riu um bocado da piada e repetiu-a três ou quatro vezes, decidindo decorá-la a fim de poder contar a outras pessoas. Encheu um cântaro de uísque e deu a Mack. Queria viver com eles no Palace. Chegou à conclusão de que a mulher iria gostar de Mack e dos rapazes, se algum dia os conhecesse. Ele finalmente caiu no sono, deitado no chão, a cabeça entre os filhotes. Mack e os rapazes serviram-se de mais um trago e fitaram-no com expressões compenetradas.

Mack disse:

– Ele me deu esse cântaro de uísque, não é mesmo? Vocês não ouviram?

– Claro que deu – confirmou Eddie. – Eu ouvi.

– E não me deu um filhote?

– Disse que escolhesse o que quisesse da ninhada. Todos nós ouvimos. Por quê?

– Nunca surrupiei nada de um bêbado e não é agora que vou começar – declarou Mack. – Temos de sair daqui. Ele vai acordar no maior mau humor e lançar a culpa de tudo em cima da gente. Não quero estar aqui quando isso acontecer.

Mack olhou para as cortinas queimadas, para o chão brilhando de uísque e das sujeiras dos filhotes, para a gordura espalhada pelo fogão. Aproximou-se dos filhotes, examinou-os cuidadosamente, apalpou ossos e estruturas, verificou olhos e dentes. Acabou escolhendo uma cadelinha manchada, o focinho arrebitado, um olho caramelo escuro. E disse:

– Vamos embora, querida.

Apagaram o lampião, por causa do risco de fogo. Estava começando a amanhecer quando deixaram a casa.

– Acho que nunca fiz uma viagem tão boa – comentou Mack. – Mas não consigo deixar de pensar na mulher do capitão voltando de repente e isso me dá calafrios.

A cadelinha gemeu em seus braços e ele ajeitou-a por baixo do casaco, acrescentando:

– O capitão é mesmo um bom sujeito. Isto é, depois que a gente o deixa à vontade.

Ele pôs-se a avançar na direção do lugar em que haviam deixado o Ford.

– Não devemos esquecer que estamos fazendo tudo isso pelo Doc. E do jeito que as coisas estão acontecendo, parece que o Doc é mesmo um cara de muita sorte.

16

Provavelmente a época mais movimentada que as garotas do Bear Flag tiveram foi no mês de março da grande pesca de sardinhas. Não foi apenas pelo fato do peixe correr em torrentes prateadas, aos bilhões, com o dinheiro correndo igualmente livre. Um regimento novo havia sido transferido para o presídio e um bando novo de soldados sempre procura intensamente tudo o que há em oferta, antes de se acomodar. Nessa ocasião, Dora enfrentou um problema de escassez de mão de obra, pois Eva Flanegan viajara para St. Louis em férias, Phyllis Mae quebrara a perna ao saltar da montanha-russa em Santa Cruz e Elsie Doublebottom fizera uma novena, mas não prestava para nada. Os homens da frota de traineiras, cheios de dinheiro, entravam e saíam durante a tarde inteira. Ao cair da noite, apareciam os soldados do novo regimento. Ficavam concentrados em torno da vitrola automática a tocar, tomando Coca-Cola e avaliando as garotas à espera do momento que receberiam o soldo. Dora também tinha problema com sua declaração de renda, emaranhada no curioso enigma que decretava seu negócio como ilegal, ao mesmo tempo em que o taxava. Além de tudo isso, ainda havia os fregueses regulares, os fregueses constantes, que há anos frequentavam o estabelecimento. Eram os operários das pedreiras, os vaqueiros dos ranchos, os homens da estrada de ferro, todos entrando pela porta da frente. Eram também as autoridades municipais e os mais preeminentes comerciantes, que entravam pelos fundos, através da porta junto aos trilhos, esperando a vez em salas especiais, discretas, com cortinas de chita.

Em tudo e por tudo, foi um mês terrível, a situação se agravando ainda mais quando irrompeu uma epidemia de gripe. Dominou a cidade inteira. A Sra. Talbot e a filha, do Hotel San Carlos, contraíram a gripe. Tom Work também ficou doente. O mesmo aconteceu com Benjamin Peabody e a esposa. A Excelentíssima Maria Antonia Field pegou a gripe. E toda a família Gross caiu de cama.

Os médicos de Monterey – e havia o bastante para cuidar das doenças comuns, acidentes e neuroses – quase ficaram doidos. Tinham mais negócios do que podiam atender com clientes que, se não pagassem as contas, pelo menos possuíam dinheiro para fazê-lo. Cannery Row, que produz humanos mais resistentes que o resto da cidade, demorou um bocado a contrair a gripe, mas finalmente foi atingida. As escolas foram fechadas. Não houve uma só casa que não tivesse crianças febris e pais doentes. Não era uma epidemia de gripe fatal, como a de 1917, mas as crianças ficavam propensas a terem mastoidite. Os médicos estavam muito ocupados e, além disso, Cannery Row não era considerada uma oportunidade financeira.

Doc, do Laboratório Biológico, não tinha o direito de praticar medicina, mas não era sua culpa que todos em Cannery Row o procurassem em busca de conselhos médicos. Antes que ele percebesse o que estava acontecendo, descobriu-se a correr de uma maloca para outra, tirando temperaturas, receitando medicamentos, tomando emprestado e entregando cobertores, até mesmo levando alimentos de casa em casa, onde as mães o contemplavam com olhos inflamados de suas camas, agradecendo e atribuindo-lhe a plena responsabilidade pela recuperação de seus filhos. Quando um caso se tornava realmente grave, Doc telefonava para um dos médicos locais. Havia ocasiões em que um médico realmente aparecia, quando parecia tratar-se de uma emergência. Para as famílias, no entanto, tudo era emergência. Doc quase não dormia. Sobrevivia à base de latas de sardinha e cerveja. Na loja de Lee Chong, onde foi buscar cerveja, Doc encontrou Dora, que lá estava para comprar um alicate de unhas.

– Parece exausto – comentou Dora.

– E estou mesmo – admitiu Doc. – Há quase uma semana não consigo dormir.

– Sei disso. Já me disseram como a situação está ruim. E a ocasião não podia ser pior.

– Pelo menos ainda não perdemos ninguém – murmurou Doc. – Mas há algumas crianças que estão muito mal. As crianças Ransels, por exemplo, estão todas com mastoidite.

– Há alguma coisa que eu possa fazer? – indagou Dora.

– Sabe muito bem que há. As pessoas estão apavoradas e se sentindo impotentes. É o caso dos Ransels. Estão morrendo de medo, ficam assustados com a perspectiva de serem deixados sozinhos. Se você ou alguma das garotas pudessem fazer-lhes companhia, já seria uma grande ajuda.

Dora, que era tão delicada quanto uma barriga de camundongo, podia também ser tão dura quanto um diamante. Ela voltou ao Bear Flag e organizou tudo para o serviço. Era um mau momento para isso, mas Dora não pensou duas vezes. O cozinheiro grego preparou um caldeirão de dez galões de sopa bem forte, mantendo-o sempre cheio, quente e forte. As garotas se empenharam em atender às exigências de sua profissão, mas também saíram em turnos para fazer companhia às famílias, levando sempre panelas de sopa. Doc estava sendo chamado a todo instante, por toda parte. Dora consultava-o e informava às garotas para onde deveriam ir. E, durante todo o tempo, os negócios no Bear Flag continuavam a pleno vapor. A vitrola automática não parava de tocar. Os homens da frota pesqueira e os soldados faziam filas. As garotas faziam o seu trabalho e depois, levando potes de sopa, iam fazer companhia aos Ransels, aos McCarthys, aos Ferrias. Saíam pela porta dos fundos e às vezes, sentadas ao lado das crianças adormecidas, acabavam dormindo na cadeira. Já não mais se maquiavam para o trabalho. Nem precisavam. A própria Dora comentou que, do jeito como andava o movimento, poderia dar trabalho a todas as aposentadas. Foi a época mais movimentada que as garotas do Bear Flag podiam lembrar. E todas ficaram contentes quando finalmente terminou.

17

Apesar de sua jovialidade, Doc era um homem solitário e isolado. Provavelmente, Mack era quem mais o notava. No meio de um grupo, Doc parecia sempre sozinho. Quando as luzes estavam acesas e as cortinas fechadas, a música vitoriana tocando no fonógrafo, Mack costumava ficar contemplando o laboratório do Palace. Sabia que Doc estava com uma mulher no laboratório, mas a impressão que tinha era de uma cena de terrível solidão. Mesmo em contato íntimo com uma garota, Mack sentia que Doc continuava solitário. Doc era um animal noturno. As luzes do laboratório passavam a noite inteira acesas, o que não impedia Doc de aparentemente estar acordado também durante o dia. E havia sempre a música que saía do laboratório, a qualquer tempo da noite ou do dia. Havia ocasiões em que estava tudo às escuras, parecia que o sono finalmente chegara. Mas, de repente, soavam as vozes infantis cristalinas do coro da Capela Sistina.

Doc precisava constantemente recolher espécimes. Procurava aproveitar as boas marés ao longo da costa. Os rochedos marinhos e as praias eram o seu reservatório. Sabia onde encontrar tudo, quando precisava. Todos os produtos de seu negócio estavam guardados na costa, moluscos anfineuros num determinado lugar, polvos em outro, assim por diante. Sabia onde podia buscar cada espécime, mas nem sempre encontrava o que desejava. É que a Natureza retinha os espécimes e só os soltava ocasionalmente. Doc tinha de conhecer não apenas as marés, mas também quando uma maré baixa era favorável num determinado lugar. Quando havia uma maré baixa em condições, ele punha os instrumentos de coleta no carro, os tubos, vidros, placas e reservatório, seguindo imediatamente para a praia, recifes ou prateleira rochosa em que estavam os espécimes que precisava.

Ele tinha agora uma encomenda de polvos pequenos e o lugar mais próximo em que podia encontrá-los era a praia rochosa em La Jolla, entre Los Angeles e San Diego. Representava uma viagem de 800 quilômetros para cada lado e sua chegada tinha de coincidir com o recuo das águas.

Os pequenos polvos viviam entre as pedras encravadas na areia. Sendo tímidos e jovens, preferiam um fundo em que existem muitas cavernas e pequenas fendas, bastante lama, para poderem se esconder dos predadores e se proteger das ondas. Na mesma área, existiam milhões de moluscos anfineuros. Assim, ao mesmo tempo em que estaria atendendo a um pedido expresso de polvos, Doc poderia reabastecer o seu estoque desses moluscos.

A maré baixa era às 5h17 da manhã de uma quinta-feira. Se Doc deixasse Monterey na manhã de quarta-feira, poderia facilmente chegar a La Jolla a tempo de aproveitar a maré baixa da quinta-feira. Poderia levar alguém para companhia, mas por acaso estavam todos ocupados. Mack e os rapazes estavam no Carmel Valley, recolhendo rãs. Três moças que ele conhecia e cuja companhia teria apreciado tinham empregos e não podiam se ausentar no meio da semana. Henri, o pintor, estava ocupado. A loja de departamentos Holman contratara não alguém para ficar sentado no alto de um mastro, mas sim um patinador de mastro. O mastro ficava em cima da loja e tinha no topo uma pequena plataforma redonda. O homem estava lá em cima, de patins, dando voltas intermináveis. Já estava lá há três dias e três noites. Estava disposto a bater um novo recorde de permanência em patins numa plataforma no alto de um mastro. O recorde anterior era de 127 horas e por isso ainda lhe restava muito tempo. Henri fora se postar no outro lado da rua, no posto de gasolina de Red Williams. Estava fascinado. Pensava em pintar uma imensa abstração, que teria o nome de "sonho substrato de um patinador numa plataforma no alto de um mastro". Não podia deixar a cidade enquanto o patinador permanecesse lá em cima. Afirmava que havia conotações filosóficas em patinar no alto de um mastro que ninguém jamais abordara antes. Henri passava o tempo todo encostado numa cadeira, recostado na grade de treliça que escondia a entrada do banheiro dos homens do posto. Não desviava os olhos da alta plataforma de patinação e era evidente que não podia acompanhar Doc a La Jolla. Assim, Doc tinha de ir sozinho, porque a maré favorável não iria esperar.

De manhã, bem cedo, ele terminou de aprontar tudo. Os objetos pessoais estavam numa pequena mochila. Outra mochila continha instrumentos e seringas. Depois de arrumar tudo, Doc se penteou e aparou a barba castanha, verificou se os lápis estavam no bolso da camisa e se a lupa estava presa na lapela. Guardou as bandejas, vidros, placas de vidro, reservatórios, botas de borracha e um cobertor na mala do carro. Trabalhou ativamente enquanto o sol não nascia, lavando os pratos de três dias e jogando o lixo no mar. Fechou todas as portas, mas sem trancar. Por volta de 9 horas da manhã, já estava a caminho.

Doc levava muito mais tempo que as outras pessoas para chegar aos lugares. Não andava muito depressa e parava frequentemente para comer hambúrgueres. Seguindo pela avenida Lighthouse, acenou para um cachorro, que olhou ao redor e depois lhe sorriu. Antes mesmo de sair de Monterey, Doc sentiu fome e parou no Hermand's, para um hambúrguer e uma cerveja. Enquanto comia o sanduíche e tomava a cerveja, recordou-se de um trecho de conversa. Blaisedell, o poeta, dissera-lhe:

– Nunca vi ninguém gostar tanto de cerveja. Aposto que qualquer dia desses vai pedir um milk-shake de cerveja.

Era uma asneira total, mas perturbava Doc desde então. Ele procurava imaginar qual seria o gosto de um milk-shake de cerveja. A ideia o repugnava, mas não conseguia deixar de pensar a respeito. Aflorava à superfície de sua mente toda vez que tomava uma cerveja. Será que o leite ficaria talhado? Deveria acrescentar açúcar? Era como sorvete de camarão. A partir do momento em que a coisa entrava na cabeça da gente, não se conseguia mais esquecer. Doc terminou de tomar a cerveja e pagou a conta. Deliberadamente, não olhou para as máquinas de milk-shake, reluzentes, alinhadas contra a parede preta. Se um homem fosse pedir um milk-shake de cerveja, pensou ele, seria melhor fazê-lo numa cidade em que ninguém o conhecesse. Mas isso seria também um problema. Um homem de barba, pedindo um milk-shake de cerveja numa cidade em que não era conhecido... poderiam chamar a polícia. Um homem barbado era sempre um pouco suspeito, em quaisquer circunstâncias. Não se podia dizer que se usava barba por gostar. As pessoas não gostavam de quem dizia a verdade. Era melhor dizer que tinha uma cicatriz e por isso não raspava a barba. Certa ocasião, quando estava na Universidade de Chicago, Doc adorava encrenca e sempre se empenhara a fundo para encontrar. Chegara à conclusão de que seria uma boa ideia fazer uma longa caminhada. Arrumou uma pequena mochila e saiu andando por Indiana e Kentucky, Carolina do Norte e Geórgia, a caminho da Flórida. Andara entre fazendeiros e montanheses, entre os habitantes dos pântanos e pescadores. E por toda parte as pessoas lhe perguntavam por que andava assim pelo país.

Porque amava as coisas verdadeiras, Doc sempre tentara explicar. Dizia que estava nervoso e, além disso, sempre quisera conhecer o país, sentir o cheiro da terra, contemplar a relva, os passarinhos e as árvores, saborear devidamente o interior. E achava que não havia meio melhor de fazê-lo que não percorrendo-o a pé. Mas as pessoas não gostavam que ele dissesse a verdade. Franziam o rosto, sacudiam a cabeça, riam como se soubessem que era uma mentira e quisessem demonstrar que apreciavam um bom mentiroso. Havia alguns que, temerosos por suas filhas ou seus porcos, diziam-lhe que seguisse adiante, que não parasse perto de suas propriedades, se sabia o que lhe convinha.

E por isso mesmo Doc desistira de contar a verdade. Dizia que era uma aposta, que estava percorrendo o país a pé para ganhar cem dólares. Todos simpatizavam e acreditavam. Convidavam-no para jantar, ofereciam-lhe uma cama para passar a noite, desejavam-lhe boa sorte, achavam-no um camarada extraordinário. Doc ainda amava as coisas verdadeiras, mas sabia que não se tratava de um amor generalizado e que podia ser uma amante perigosa.

Doc não parou em Salinas para comer um hambúrguer. Mas parou em Gonzales, King City e Paso Robles. Parou também em Santa Maria para o tradicional hambúrguer com cerveja... e comeu dois hambúrgueres em Santa Maria, porque era muito comprido o estirão até Santa Barbara. Em Santa Barbara, tomou uma sopa, comeu uma salada de alface e feijão-branco, bife de panela e purê de batata, torta de abacaxi, queijo e café. Depois, encheu o tanque e foi ao banheiro. Enquanto o atendente do posto verificava o óleo e os pneus, Doc lavou o rosto, ajeitou a barba. Ao voltar para o carro, diversos caronas em potencial estavam esperando.

– Está indo para o Sul, senhor?

Doc estava sempre viajando pelas estradas. Era um veterano. Sabia que tinha de escolher os caronas cuidadosamente. É sempre melhor levar um carona experiente, que sabe manter o silêncio quando é necessário. Os novatos, por outro lado, tentam pagar a carona mostrando-se interessantes na conversa. Doc já ficara algumas vezes desesperado com a conversa de caronas assim. Mas a técnica não ficava por aí. Depois de tomar a decisão sobre qual carona levar, deve-se tomar outra precaução adicional, dizendo que não está indo para muito longe.

Se o carona escolhido é insuportável, sempre dá para deixá-lo um pouco adiante. Por outro lado, sempre há a possibilidade de ter alguma sorte e encontrar um homem que valha a pena conhecer. Doc examinou rapidamente os caronas em potencial e decidiu-se por um homem de rosto magro, aparência de vendedor, metido num terno azul. Tinha sulcos profundos nos lados da boca e os olhos pretos eram melancólicos.

Ele olhou para Doc com alguma antipatia.

– Vai para o Sul, senhor?

– Vou, sim... mas não muito longe.

– Importa-se de me dar uma carona?

– Pode entrar.

Ao chegarem a Ventura, Doc ainda não havia acabado a digestão e parou apenas para tomar uma cerveja. O carona ainda não falara uma única vez. Doc parou ao lado de uma lanchonete à beira da estrada.

– Vai querer uma cerveja?

– Não – respondeu o carona. – E não me importo de dizer que acho uma péssima ideia guiar sob a influência de álcool. Não é da minha conta o que você faz com a sua própria vida. Mas, neste caso, está com um automóvel, que pode se transformar numa arma fatal nas mãos de um motorista bêbado.

A princípio, Doc ficou ligeiramente desconcertado. E disse suavemente:

– Saia do carro.

– Como?

– Vou dar um soco no seu nariz se ainda estiver no carro quando eu terminar de contar até dez. Um... dois... três...

O homem tateou até encontrar o trinco da porta, saiu de costas, apressadamente. Mas assim que se viu lá fora em segurança, começou a gritar:

– Vou procurar um guarda! E vou mandar prendê-lo.

Doc abriu a caixa no painel e tirou um macaco. O carona viu e tratou de se afastar o mais depressa possível.

Doc encaminhou-se, furioso, para o balcão da lanchonete.

A garçonete, uma beldade loura com um vestígio de bócio, sorriu-lhe prontamente.

– O que vai ser?

– Milk-shake de cerveja.

– Como?

Tinha saído e não havia mais jeito. O melhor era acabar com aquilo de uma vez por todas, em vez de deixar para mais tarde. A loura perguntou:

– Está brincando?

Doc sabia que não podia explicar, que não havia a menor possibilidade de revelar a verdade.

– Tenho um problema de bexiga. Os médicos chamam de bipalicatorsonectomia. E devo tomar milk-shake de cerveja. Ordens médicas.

A loura sorriu, tranquilizada.

– Pensei que estivesse de brincadeira. Vai ter que me dizer como se faz. Não sabia que estava doente.

– Pois estou muito doente e vou ficar ainda pior. Ponha um pouco de leite e acrescente meia garrafa de cerveja. Dê-me a outra metade num copo... e não ponha açúcar no milk-shake.

Assim que foi servido, Doc provou, hesitante. Até que não era muito ruim... tinha apenas o gosto de cerveja choca e leite.

– Parece horrível – comentou a loura.

– Não é tão ruim quando a gente se acostuma – disse Doc. – Venho tomando isso há 17 anos.

18

Doc guiara lentamente. A tarde já chegava ao fim quando parou em Ventura e estava tão atrasado quando chegou a Carpentria que se limitou a comer um sanduíche de queijo e ir ao banheiro. Pretendia ter um bom jantar em Los Angeles e já estava bem escuro quando chegou. Foi seguindo pela cidade e parou num galeto na brasa que conhecia. Comeu galeto, batatas fritas, biscoitos quentes e mel, torta de abacaxi e queijo. Mandou encher a garrafa térmica com café quente, comprou seis sanduíches de presunto e duas garrafas de cerveja, para o café da manhã.

Não era muito interessante dirigir à noite. Não havia cachorros para ver, apenas a estrada, iluminada pelos faróis. Doc acelerou para terminar logo a viagem. Eram 2 horas da madrugada quando chegou a La Jolla. Passou pela cidade e desceu pelo penhasco até a bacia da maré. Parou o carro ali, comeu um sanduíche, tomou um pouco de cerveja, apagou as luzes e enroscou-se no assento para dormir.

Não precisava de um relógio. Trabalhava há tanto tempo com as marés que podia sentir até no sono quando uma maré mudava. Acordou ao amanhecer, olhou para o para-brisa e verificou que as águas já estavam recuando pela extensão plana coalhada de pedras. Tomou um café quente, comeu três sanduíches de presunto, bebeu outra cerveja.

A maré abaixa imperceptivelmente. As pedras vão aparecendo, parecem se elevar, o oceano recua, deixando poças, algas e musgo, esponjas de todas as cores. Ficam na areia os incríveis refugos do mar, conchas quebradas e lascadas, fragmentos de esqueletos, garras. Todo o fundo do mar parece um fantástico cemitério, sobre o qual os seres vivos correm em todas as direções.

Doc meteu as botas de borracha e ajeitou o chapéu de chuva na cabeça. Pegou os baldes e vidros, além do pé de cabra, meteu os sanduíches num bolso e a garrafa térmica em outro, desceu pelo penhasco e chegou à planície de maré. Pôs-se a trabalhar, enquanto o mar batia em retirada. Virava as pedras com o pé de cabra. De vez em quando, esticava a mão rapidamente para uma poça de água e pegava um pequeno polvo, a se debater freneticamente, arroxeado de raiva, cuspindo tinta nele. Largava o polvo num vidro grande cheio de água salgada, onde já havia outros animais. Geralmente o recém-chegado estava tão furioso que atacava os outros polvos.

Doc teve uma boa caçada naquele dia. Pegou 22 polvos pequenos e recolheu várias centenas de moluscos anfineuros, guardando-os no balde de madeira. Foi acompanhando o recuo da maré, até que a manhã chegou e o sol se elevou pelo céu. A planície de maré estendia-se cerca de 200 metros, até uma linha de rochedos cobertos de algas, antes de cair para águas profundas. Doc trabalhou até chegar a essa barreira. Já tinha agora praticamente tudo o que queria e passou o resto do tempo olhando debaixo de pedras, abaixando-se para contemplar as poças deixadas pela maré baixa, com seus mosaicos brilhantes, fervilhando de vida. Doc chegou finalmente à barreira exterior, onde as algas escuras e compridas pendiam sob a água. Estrelas-do-mar vermelhas aderiam aos rochedos. O mar além se lançava incessantemente contra a barreira, esperando o momento de superá-la novamente. Entre dois rochedos da barreira, Doc avistou um brilho branco dentro da água, logo coberto pelas algas que flutuavam. Ele subiu pelos rochedos escorregadios, equilibrou-se firmemente e se abaixou, entreabrindo as algas. E no mesmo instante ficou rígido. Um rosto de mulher o fitava, o rosto de uma jovem bonita, pálido, os cabelos pretos. Os olhos estavam abertos, os cabelos flutuavam suavemente em torno da cabeça. O corpo estava fora de vista, preso na fenda. Os lábios estavam ligeiramente entreabertos, com os dentes à mostra. A expressão do rosto era de serenidade e repouso. Estava logo abaixo da superfície e a água transparente o tornava ainda mais bonito. Doc teve a sensação de que ficou imóvel ali, olhando, por vários minutos. A imagem do rosto ficou gravada para sempre em sua memória.

Lentamente, ele levantou as mãos e deixou que as algas escuras flutuassem de volta a seu lugar, cobrindo o rosto. O coração de Doc batia forte, tinha um aperto na garganta. Pegou o balde, os vidros e o pé de cabra, desceu lentamente pelos rochedos escorregadios, voltando à praia.

E o rosto da moça seguia à sua frente. Doc sentou na areia seca da praia, tirou as botas. Os pequenos polvos estavam encolhidos no vidro grande, cada um procurando se manter o mais afastado possível dos outros. E foi nesse momento que música soou nos ouvidos de Doc, um som de flauta, suave, alto e penetrante, trazendo uma melodia de que ele nunca conseguia lembrar, enquanto as ondas continuavam com seu marulho incessante e o vento assoviava. A flauta se elevou a regiões além do alcance da audição e mesmo assim ainda transmitia uma melodia inacreditável. Doc sentiu que ficava com os braços arrepiados. Ele estremeceu, os olhos ficaram úmidos, como acontece quando se contempla algo de grande beleza. Os olhos da moça eram castanhos e claros, os cabelos pretos flutuavam, espalhando-se ligeiramente sobre o rosto. A imagem estava fixada em sua memória para sempre. Doc ficou sentado ali, enquanto o primeiro esguicho de água passava por cima dos recifes, trazendo a maré de volta. Não se mexeu, escutando a música, enquanto o mar avançava inexoravelmente. A mão acompanhava o ritmo automaticamente, a flauta terrível ressoava dentro de seu cérebro. Os olhos estavam sombrios, a boca sorria um pouco ou parecia prender o fôlego, em êxtase.

Uma voz arrancou-o daquele estado. Era um homem, de pé ao seu lado.

– Andou pescando?

– Não. Estava recolhendo espécimes.

– E o que são essas coisas?

– Filhotes de polvo.

– É mesmo? Nunca imaginei que existissem por aqui. E olhe que tenho vivido nesta região por toda a minha vida.

– É preciso saber onde procurar – murmurou Doc, apaticamente.

– Ei, não está se sentindo bem? Parece que está doente.

A flauta se elevou novamente, enquanto violoncelos tocavam ao fundo. E o mar continuava a avançar para a praia. Doc sacudiu a cabeça vigorosamente, livrando-se do rosto da moça, livrando-se do calafrio que lhe dominava o corpo.

– Existe alguma delegacia de polícia por perto?

– Lá na cidade. Por quê? Qual é o problema?

– Há um corpo lá nos recifes.

– Onde?

– Bem ali... preso entre dois rochedos. Uma moça.

– Vai receber uma recompensa por ter encontrado um corpo. Esqueci quanto é.

Doc levantou, recolheu os equipamentos.

– Pode comunicar por mim? Não estou me sentindo bem.

– Teve um choque e tanto, hein? Está... tão ruim assim? Apodrecido ou comido?

Doc virou-se.

– Pode ficar com a recompensa. Não a quero.

Ele encaminhou-se para o carro. Só os mais débeis acordes de flauta ainda soavam em sua cabeça.

19

Provavelmente nenhuma outra promoção da loja de departamentos Holman jamais atraiu tantos comentários favoráveis quanto a apresentação do patinador no mastro. Dia após dia, ele estava lá em cima, na pequena plataforma redonda, patinando interminavelmente. À noite, podia ser visto também lá em cima, delineado contra o céu, de tal forma que a cidade inteira sabia que não tinha descido. De um modo geral, porém, todos concordavam que, à noite, uma barra de aço era erguida pelo centro da plataforma, o patinador prendendo-se nela. Mas ele não sentava e ninguém dava a menor importância à barra de aço. As pessoas vinham de Jamesburg para verem o patinador, desciam a costa desde Grimes Point. O pessoal de Salinas chegava aos bandos e a Associação Comercial daquela cidade apresentou uma proposta para a próxima exibição, quando o patinador poderia tentar quebrar o seu novo recorde. Dessa maneira, Salinas ficaria com a glória de ter proporcionado o novo recorde mundial. Como não eram muitos os patinadores de mastro e aquele era de longe o melhor, há cerca de um ano que ele vinha quebrando sucessivamente o seu próprio recorde mundial.

A Holman estava deliciada com o empreendimento. Realizaram promoções, venda de saldos, liquidação de panelas e liquidação de louça, tudo ao mesmo tempo. As multidões ficavam paradas na rua, observando o homem solitário na plataforma no alto do mastro.

No segundo dia lá em cima, o patinador avisou que alguém estava atirando nele com uma espingarda de ar comprimido.

O departamento de promoções usou a cabeça. Calculou os ângulos e localizou o atacante misterioso. Era o velho doutor Merrivale, que se escondia por trás das cortinas do consultório, disparando com um rifle de ar comprimido Daisy. Não o denunciaram e ele prometeu parar. O doutor Merrivale era preeminente na Loja Maçônica local.

Henri, o pintor, continuava sentado em sua cadeira no posto de gasolina de Red Williams. Ele analisou todos os ângulos filosóficos possíveis da situação e chegou à conclusão de que teria de construir uma plataforma igual em casa e experimentar. Todos na cidade foram mais ou menos afetados pelo patinador. As lojas que ficavam longe perderam o movimento, os negócios melhorando à medida que estavam próximas da Holman. Mack e os rapazes foram dar uma olhada e depois voltaram para o Palace, achando que aquilo não fazia o menor sentido.

A Holman armou uma cama de casal em sua vitrine. Assim que o patinador quebrasse o recorde mundial, iria descer e dormir ali mesmo, na vitrine, sem tirar os patins. O nome do fabricante do colchão estava indicado num pequeno cartão ao pé da cama.

Em toda cidade, havia interesse e discussão a respeito daquele evento esportivo. Mas a mais interessante de todas as questões, a que atormentava a todos, jamais era explicada. Ninguém a mencionava, mas todos pensavam no assunto. A Sra. Trolat meditava a respeito ao sair da padaria com um saco de bolinhos. O Sr. Hall, na loja de móveis, também pensava na mesma coisa. As três garotas Willoughby soltavam risadinhas sempre que pensavam a respeito. Mas ninguém jamais tivera coragem de abordar a questão abertamente.

Richard Frost, um rapaz muito inteligente e extremamente nervoso, preocupava-se mais com o problema que qualquer outra pessoa. Estava obcecado. Preocupou-se na noite de quarta-feira e se impacientou na noite de quinta-feira. Embriagou-se na noite de sexta-feira e brigou com a esposa.

Ela chorou por algum tempo e depois fingiu estar dormindo. Ouviu-o levantar e ir para a cozinha. Ouviu-o tomar outro drinque. Depois, ele se vestiu em silêncio e saiu. Ela chorou ainda mais. Já era bem tarde. A Sra. Frost tinha certeza de que o marido estava a caminho do Bear Flag.

Richard desceu a encosta resolutamente, passando pelos pinheiros, até chegar à avenida Lighthouse. Virou à esquerda e foi subindo na direção da Holman. Tinha uma garrafa no bolso e, pouco antes de chegar à loja, tomou outro trago. Os lampiões da rua estavam fracos, a cidade, deserta. Não se via ninguém. Richard parou no meio da rua e olhou para cima.

No alto do mastro, divisou vagamente o vulto solitário do patinador. Tomou outro trago. Depois, levou as mãos em concha à boca e gritou, a voz rouca:

– Ei! – Não houve resposta. – Ei!

Richard olhou ao redor, para verificar se os guardas haviam saído de seu posto ao lado do banco. Lá do céu veio a resposta, em tom irritado:

– O que você quer?

Richard tornou a levar as mãos em concha à boca.

– Como... como... como você faz para ir ao banheiro?

– Tenho uma lata aqui em cima!

Richard virou-se e voltou pelo mesmo caminho por qual viera. Atravessou a Lighthouse e subiu através dos pinheiros, chegou em casa. Sabia que a esposa estava acordada, enquanto se despia. Ele deitou na cama e a mulher deu-lhe espaço. E foi só nesse momento que Richard revelou:

– Ele tem uma lata lá em cima.

20

Na metade da manhã, o caminhão Modelo T chegou triunfalmente a Cannery Row, subiu na calçada, avançou pelo mato e voltou a se postar em seu lugar atrás da mercearia de Lee Chong. Os rapazes tornaram a pôr os blocos sob as rodas da frente, esvaziaram a gasolina que ainda restava no tanque numa lata de cinco galões, pegaram as rãs e subiram exaustos para o Palace. Mack fez uma visita formal a Lee Chong, enquanto os rapazes acendiam um fogo no imenso fogão. Com extrema dignidade, Mack agradeceu a Lee por ter emprestado o caminhão. Discorreu sobre o grande sucesso da expedição, da captura de centenas de rãs. Lee sorriu timidamente e ficou esperando pelo inevitável.

– Estamos feitos! – exclamou Mack, entusiasmado. – Doc nos paga cinco *cents* por rã e temos cerca de mil!

Lee assentiu. O preço era sempre o mesmo. Todo mundo sabia disso.

– Doc não está – acrescentou Mack. – Ele vai ficar um bocado feliz quando chegar e encontrar todas aquelas rãs.

Lee tornou a assentir. Sabia que Doc estava viajando e sabia também qual era o rumo da conversa.

– Ei, por falar nisso, estamos um tanto desprovidos de fundos neste momento...

Mack falou como se somente agora tivesse pensado nisso e como se tal circunstância fosse excepcional.

– Não tem uísque – disse Lee Chong, sorrindo.

Mack sentiu-se ofendido.

– Para que iríamos querer uísque? Temos um galão do melhor uísque que já existiu... um galão inteiro, cheio até a borda. Por falar nisso, os rapazes e eu gostaríamos que fosse tomar um trago conosco. Pediram-me que o convidasse.

Contra a vontade, Lee não pôde conter um sorriso de prazer. Não iriam convidá-lo assim, se não estivessem precisando.

– Está certo, vou pôr as cartas na mesa – continuou Mack. – Os rapazes e eu estamos desprovidos de fundos neste momento, mas também estamos com muita fome. Sabe que o preço das rãs é de vinte para um dólar. Mas o Doc não está e nós estamos com fome, e foi o que nos fez pensar nisso. Não queremos que perca coisa alguma e por isso vamos fazer um preço especial de 25 rãs por um dólar. Você tem um lucro de cinco rãs e ninguém perde nada.

– Não – disse Lee. – Dinheiro não.

– Não é nada disso, Lee. Tudo o que precisamos é de algumas mercadorias. E vou explicar o que estamos pensando. Queremos oferecer uma festa ao Doc quando ele voltar. Temos bastante uísque, mas gostaríamos também de arrumar alguns bifes e coisas assim. O Doc é um bom sujeito. Quando sua mulher ficou com aquele dente doendo, quem deu láudano para ela?

Mack tinha acertado no alvo. Lee tinha uma dívida para com Doc... uma dívida imensa. O problema de Lee era compreender como sua dívida para com Doc tornava necessário que desse crédito a Mack.

– Não queremos que faça uma hipoteca sobre rãs – continuou Mack. – O que estamos propondo é lhe entregar 25 rãs para cada dólar de mercadorias que nos deixar levar. E pode ir também à festa.

A mente de Lee farejou a proposta como um camundongo num armário de queijos. Não conseguiu encontrar nada de errado. Todo o negócio parecia legítimo. As rãs eram de fato dinheiro em caixa no caso de Doc e o preço era sempre o mesmo.

Lee teria um lucro duplo. Além da margem de cinco rãs a mais, ainda teria o lucro nas mercadorias. Mas tudo dependia de verificar se eles tinham mesmo as rãs.

– Vamos ver as rãs – disse Lee finalmente.

Diante do Palace, ele tomou um gole de uísque, inspecionou os sacos molhados com as rãs e concordou com a transação. Estipulou, no entanto, que não aceitaria rãs mortas. Mack contou cinquenta rãs, pôs numa lata, voltando com Lee para a mercearia, onde pegou dois dólares em bacon, ovos e pão.

Prevendo o aumento dos negócios, Lee foi buscar uma caixa grande e colocou-a na seção de legumes. Esvaziou ali as cinquenta rãs e cobriu a caixa com um saco de aniagem molhado, a fim de manter felizes as suas novas mercadorias.

E os negócios ficaram mesmo movimentados. Eddie não demorou a aparecer, comprando duas rãs de Bull Durnham. Pouco depois, Jones ficou revoltado ao descobrir que o preço da Coca-Cola subira de uma para duas rãs. A amargura foi aumentando à medida que o dia avançava e os preços subiam. O bife, por exemplo, o melhor bife que havia, não deveria valer mais que dez rãs por meio quilo, mas Lee estava cobrando 12 rãs e meia. O preço de pêssegos em calda subiu vertiginosamente, uma lata passando a custar oito rãs. Lee tinha tudo para dominar os consumidores. Tinha certeza absoluta de que o Thrift Market e a Holman não aprovariam aquele novo sistema monetário. Se os rapazes queriam bife, sabiam que teriam de pagar o preço de Lee. Os sentimentos esquentaram quando Hazel, que há muito tempo cobiçava um par de braçadeiras amarelas de seda, foi informado que o preço era 35 rãs e que podia ir comprar em outro lugar, se não quisesse aceitar. O veneno da ganância já estava se insinuando no inocente e louvável acordo comercial. A amargura estava se acumulando. Mas na caixa grande de Lee Chong as rãs estavam também se acumulando.

A amargura financeira não podia corroer muito fundo a Mack e os rapazes, já que eles não eram dominados pelo mercantilismo. Não avaliavam sua alegria em mercadorias vendidas, os egos em saldos bancários, seus amores pelo que custavam. Embora estivessem ligeiramente irritados pelo fato de Lee os pressionar economicamente, tinham na barriga dois dólares de bacon e ovos, por cima de um bom trago de uísque, com outro trago para arrematar o desjejum. E estavam acomodados em suas próprias cadeiras, em sua própria casa, contemplando a cadelinha Darling, que aprendia a tomar leite enlatado numa lata de sardinha. Darling era e estava fadada a permanecer uma cadela extremamente feliz, pois no grupo de cinco homens havia cinco teorias diferentes sobre o treinamento de cães, teorias tão conflitantes que Darling nunca recebeu qualquer treinamento. Desde o princípio ela se revelou uma cadela precoce. Dormia na cama do homem que lhe dera o último suborno. Havia ocasiões em que os homens chegavam a roubar por Darling. Todos a cortejavam, procurando tirá-la dos outros. Ocasionalmente, os cinco concordaram que as coisas precisavam mudar e tinham de disciplinar Darling. Mas na discussão do método, a intenção invariavelmente se desvanecia. Estavam todos apaixonados por Darling. Achavam encantadoras as pequenas poças que ela deixava no chão. Aborreciam todos os seus conhecidos com as histórias da esperteza de Darling. E a teriam matado de tanta comida se, no final das contas, Darling não demonstrasse possuir mais bom senso que todos os cinco.

Jones arrumou uma cama no fundo do relógio de pêndulo, mas Darling jamais a usou. Dormia com um ou com outro, segundo o seu capricho instável. Roía os cobertores, estragava os colchões, espalhava as penas dos travesseiros. E todos achavam-na maravilhosa. Mack planejava ensinar-lhe alguns truques e levá-la para o teatro de variedades, mas nunca se dava ao trabalho de ensinar-lhe qualquer coisa.

Na volta da expedição vitoriosa, passaram a tarde fumando, fazendo a digestão, de vez em quando tomando um trago.

E a cada vez se advertiam que não deviam beber demais, pois o uísque estava destinado a Doc. Não deviam se esquecer disso por um instante sequer.

– A que horas será que ele vai voltar? – indagou Eddie.

– Ele geralmente chega em casa por volta das oito ou nove horas – respondeu Mack. – Temos de decidir agora quando vamos dar a festa. Acho que deve ser esta noite.

– Isso mesmo – concordaram os outros.

– Ele pode estar cansado – sugeriu Hazel. – É uma longa viagem de carro.

– Não há nada que descanse mais que uma boa festa – declarou Jones. – Já houve ocasiões em que eu estava tão cansado que mal me aguentava de pé, mas depois fui a uma festa e no mesmo instante me senti melhor.

– Temos de pensar de verdade – anunciou Mack.

– Onde vamos dar a festa? Aqui?

– O Doc gosta de música. Aquele fonógrafo dele está sempre tocando em todas as festas. Talvez ele fique mais feliz se dermos a festa no laboratório.

– Tem toda razão – disse Mack. – Mas acho que deve ser como uma festa surpresa. E como vamos fazer para parecer uma festa se não levarmos mais nada além do uísque?

– Não podíamos arrumar alguns enfeites? – sugeriu Hughie. – Como no Quatro de Julho ou Halloween.

Os olhos de Mack ficaram perdidos no espaço, os lábios se entreabriram. Podia ver tudo. E finalmente disse:

– Hughie, acho que acertou em cheio. Nunca pensei que pudesse conseguir, mas desta vez acertou bem na mosca! – A voz de Mack tornou-se jovial, os olhos contemplaram o futuro. – Já posso ver tudo. Doc está cansado. Chega em casa no carro e descobre tudo iluminado. Pensa que alguém arrombou. Sobe a escada e encontra tudo enfeitado. Há papel crepom por toda parte, fitas, um bolo grande. É nesse momento que ele descobre que é uma festa. E não é uma festa pequena. E nós ficamos escondidos por um minuto, Doc não sabe quem está dando a festa. E de repente nós aparecemos, gritando. Podem ver a cara dele? Por Deus, Hughie, não consigo entender como você pôde pensar nisso!

Hughie corou. Sua concepção fora muito mais comedida, baseada na verdade na festa de Ano-Novo em La Ida. Mas nem por isso Hughie estava menos disposto a assumir o crédito.

– Apenas pensei que ficaria bacana.

– Pois vai ser sensacional – disse Mack. – E quero que saiba que, assim que a surpresa passar, vou contar ao Doc quem teve a ideia.

Eles se recostaram e pensaram mais um pouco. Em suas mentes, o laboratório enfeitado parecia o conservatório no Hotel del Monte. E tomaram mais dois tragos, apenas para saborear o plano.

Lee Chong possuía uma loja realmente extraordinária. Na maioria das lojas, por exemplo, só se compra papel crepom amarelo e preto, máscaras e abóboras de papel machê, em outubro. Há então uma procura intensa para as festas de Halloween e esses artigos logo desaparecem. Talvez seja tudo vendido ou então se joga fora depois da festa, mas o fato é que não se consegue comprar tais artigos em julho. O mesmo acontece com os equipamentos do Quatro de Julho, bandeiras, faixas e foguetes. Onde estão essas coisas em janeiro? Sumiram... ninguém sabe onde. Mas não era assim que Lee Chong trabalhava. Na loja de Lee Chong, podia-se comprar os cartões do Dia dos Namorados em novembro, trevos irlandeses, machadinhas e cerejeiras de papel em agosto. Lee tinha ainda fogos de artifício que guardara em 1920. Um dos grandes mistérios era o local em que guardava o seu estoque, já que a loja não era muito grande. Ele tinha trajes de banho que comprara quando as saias compridas, as meias pretas e lenços na cabeça estavam na moda. E tinha grampos de bicicleta, rendas de naveta e jogos de Mah Jong. E tinha distintivos que diziam "Lembre-se do Maine" e flâmulas de feltro comemorando "Fighting Bob". E tinha mementos da Exposição Internacional do Pacífico de 1915, pequenas torres de joias. Havia mais uma coisa bem pouco ortodoxa na maneira de Lee negociar. Ele nunca fazia uma liquidação, jamais reduzia um preço nem promovia uma venda de saldos. Um artigo que custava trinta *cents* em 1912 continuava a ter o mesmo preço, mesmo que os ratos e traças tivessem reduzido o seu valor. Mas isso não fazia diferença. Para quem desejava decorar um laboratório de um modo geral, sem ser específico em relação à época, mas dando a impressão de um meio-termo entre uma Saturnália e uma alegoria na base das Bandeiras de todas as Nações, o lugar certo para se procurar o material necessário era a loja de Lee Chong.

Mack e os rapazes sabiam disso. Mas havia outro problema e Mack indagou:

– Onde vamos arrumar um bolo grande? Lee não tem nada que sirva, só bolinhos pequenos de padaria.

Hughie já fora bem-sucedido antes e por isso tentou novamente:

– Por que Eddie não faz um bolo? Afinal, ele foi cozinheiro em San Carlos durante algum tempo.

O entusiasmo imediato pela sugestão arrancou de Eddie a confissão de que jamais fizera um bolo. Mas Mack colocou a coisa numa base sentimental:

– Significaria muito para Doc. Não seria um desses malditos bolos empapados que a gente já compra pronto. Seria um bolo feito com o coração.

À medida que a tarde e o uísque iam chegando ao fim, o entusiasmo aumentava. Houve intermináveis viagens à mercearia de Lee Chong. As rãs desapareceram de um saco, enquanto a caixa grande de Lee ia ficando apinhada. Por volta das 18 horas, os rapazes já tinham acabado com o galão de uísque e estavam comprando garrafas pequenas de Old Tennis Shoes, a 15 rãs cada uma. Mas a pilha dos materiais de decoração estava no chão do Palace. Eram quilômetros de papel crepom, comemorando todos os feriados em voga e alguns que já haviam sido abandonados.

Eddie vigiava o fogão como a mamãe-galinha. Estava fazendo um bolo. A receita era garantida como à prova de fracasso pela companhia que fabricava a massa. Mas desde o início o bolo se comportara estranhamente. Depois de devidamente batido, o bolo se contorcera e ofegara, como se animais estivessem se contorcendo e estrebuchando dentro. Depois de colocado no forno, criara uma bolha, como uma dessas bolas de futebol antigas, com a câmara estufando para fora do couro. E a bola fora aumentando, esticada ao máximo, brilhando com intensidade, para depois murchar abruptamente, deixando escapar um som sibilante. Isso deixou uma cratera e Eddie imediatamente providenciou uma nova batelada de massa, para preencher o buraco. E agora o bolo estava outra vez se comportando estranhamente, com o fundo queimando e desprendendo uma fumaça preta, enquanto a parte de cima subia e descia lugubremente, numa sucessão de pequenas explosões.

Quando Eddie finalmente tirou o bolo do forno para esfriar, parecia uma dessas miniaturas de um campo de batalha em leito de lava.

Foi um bolo que não teve sorte. Enquanto os rapazes estavam enfeitando o laboratório, Darling comeu o que podia do bolo, passou mal e finalmente enroscou-se na massa ainda quente e adormeceu.

Mack e os rapazes haviam apanhado o papel crepom, as máscaras, cabos de vassouras, abóboras de papel, faixas de três cores, vermelha, branca e azul, levando tudo pelo terreno baldio e atravessando a rua para o laboratório. Trocaram as últimas rãs por mais uma garrafa pequena de Old Tennis Shoes e dois galões de vinho de 49 *cents*.

– Doc gosta muito de vinho – comentou Mack. Acho até que gosta mais de vinho do que de uísque.

Doc jamais trancava o laboratório. Baseava-se na teoria de que qualquer pessoa que quisesse arrombá-lo não teria a menor dificuldade, que as pessoas eram essencialmente honestas e que não tinha mesmo qualquer coisa que as pessoas comuns pudessem querer roubar. As coisas valiosas eram livros e discos, instrumentos cirúrgicos e equipamentos óticos, além de outras coisas do mesmo gênero, que um ladrão prático não se daria ao trabalho de olhar duas vezes. Era uma teoria que fazia sentido com arrombadores, ladrões de ocasião e cleptomaníacos, mas completamente ineficaz em relação a seus amigos. Os livros eram frequentemente "emprestados". Nenhuma lata de feijão jamais sobrevivia à sua ausência. Em diversas ocasiões, voltando tarde para o laboratório, Doc encontrara hóspedes em sua própria cama.

Os rapazes empilharam os enfeites na antessala. Antes que pudessem começar a colocá-los, Mack indagou:

– O que vai deixar Doc mais feliz?

– A festa! – respondeu Hazel.

– Não – declarou Mack.

– Os enfeites? – sugeriu Hughie, que se sentia responsável pela decoração.

– Não – declarou Mack novamente. – As rãs! Entre todas as coisas, é o que vai fazê-lo sentir-se melhor. E talvez, quando o Doc finalmente chegar, Lee Chong já esteja fechado. Nesse caso, ele só poderá ver as rãs amanhã. O que é um absurdo. As rãs devem estar aqui, bem no meio da sala, com um laço de fita e um cartaz dizendo: SEJA BEM-VINDO DE VOLTA AO LAR, DOC.

O comitê que visitou Lee Chong deparou-se com a mais inflexível oposição. Todas as possibilidades eram descartadas pela mente desconfiada do chinês. Foi-lhe explicado que ele estaria presente na festa e poderia assim vigiar a sua propriedade, que ninguém contestava que as rãs lhe pertenciam. Mack inclusive escreveu um documento transferindo as rãs para Lee, a fim de que não pudesse haver qualquer dúvida.

Assim que a resistência dele arrefeceu um pouco, os rapazes levaram a caixa com as rãs para o laboratório, envolveram-na com uma fita vermelha, branca e azul, pintaram o cartaz com iodo. Iniciaram a decoração a partir daí. A esta altura, já tinham terminado o uísque e estavam de fato imbuídos de um ânimo festivo. O papel crepom se entrecruzou de um lado para outro, as abóboras de papelão foram instaladas. As pessoas que passavam pela rua aderiam à festa e iam buscar mais coisa para se beber na loja de Lee Chong. O chinês chegou a participar da festa por algum tempo, mas tinha um estômago notoriamente fraco, começou a se sentir mal e voltou para casa. Às 11 horas da noite, os bifes foram para a frigideira e logo depois eram rapidamente devorados. Alguém deu uma olhada nos discos e encontrou um álbum de Count Basie. Um momento depois, o fonógrafo estava tocando a todo volume. O barulho podia ser ouvido dos estaleiros ao La Ida. Um grupo de fregueses do Bear Flag pensou que o Laboratório Biológico fosse um estabelecimento rival e subiu correndo a escada, soltando gritos de alegria. Foram devidamente expulsos pelos anfitriões ultrajados, mas só depois de uma batalha longa, feliz e sangrenta, que derrubou a porta da frente e quebrou duas janelas. O barulho dos vidros e tubos quebrados não foi nada agradável. Hazel, passando pela cozinha para ir ao banheiro, derrubou a frigideira cheia de gordura quente, em si mesmo e no chão, ficando bastante queimado.

Era 1h30 da madrugada quando um bêbado apareceu e fez um comentário que foi considerado insultuoso a Doc. Mack acertou-lhe um murro que ainda é lembrado e discutido. O homem chegou a sair do chão, descreveu um pequeno arco e foi se estatelar em cima da caixa, entre as rãs. Alguém, tentando mudar um disco, derrubou o braço do fonógrafo e quebrou o cristal.

Ninguém jamais estudou a psicologia de fim de festa. Pode estar acesa ao máximo, uivando, fervendo, mas de repente parece que baixa uma pequena febre, surge um pequeno silêncio. E no instante seguinte a festa começa a acabar, depressa, bem depressa, os convidados indo para casa, dormindo no próprio local ou se mandando para outro lugar. E depois só resta o silêncio.

As luzes do laboratório estavam acesas. A porta da frente pendia para o lado, presa apenas por uma dobradiça. O chão estava coalhado de vidro quebrado. Os discos, alguns quebrados, outros apenas lascados, estavam espalhados por toda parte. Pratos com pedaços de carne e gordura solidificada estavam no chão, em cima de livros, debaixo da cama. Copos de uísque estavam virados, uma cena sempre triste. Alguém tentara subir em uma estante e derrubara incontáveis livros no esforço, espalhando-os pelo chão, aumentando assim a bagunça. E a festa estava vazia, chegara ao fim.

Através de uma abertura na caixa quebrada, uma rã pulou e sentou, farejando o ar à procura de indícios de perigo. Um instante depois, outra rã se juntou à primeira. Podiam sentir o ar frio e úmido que entrava pela porta e pelas janelas quebradas. Uma das rãs estava sentada no cartaz caído que dizia SEJA BEM-VINDO DE VOLTA AO LAR, DOC. As duas rãs pularam na direção da porta, hesitantes.

Por algum tempo, um pequeno rio de rãs desceu pulando os degraus, um rio turbilhonante, em constante movimento. Por algum tempo, Cannery Row ficou povoada de rãs, inundada por rãs. Um táxi que trouxe um freguês tardio ao Bear Flag esmagou cinco rãs na rua. Antes do amanhecer, porém, todas as rãs tinham sumido. Algumas encontraram canos de esgoto e subiram pela encosta até o reservatório. Outras se meteram em bueiros e houve as que se limitaram a ficar escondidas entre o mato do terreno baldio.

E as luzes continuavam acesas no laboratório vazio e silencioso.

21

Na sala dos fundos do laboratório, os ratos brancos corriam freneticamente em suas gaiolas, guinchando. No canto, em uma gaiola separada, uma ratazana debruçava-se sobre a ninhada de filhotes cegos, deixando-os sugar à vontade, enquanto olhava ao redor, nervosamente, ferozmente.

Na gaiola da cascavel, as cobras repousavam os queixos sobre os próprios anéis, olhavam fixamente para frente, com olhos pretos ameaçadores. Em outra gaiola, um monstro-de-gila, a pele parecendo uma bolsa de contas, ergueu-se devagar e puxou o arame com as garras, preguiçosamente. Nos aquários, as anêmonas se abriam, com tentáculos verdes e púrpuras, os estômagos de um verde claro. A pequena bomba que puxava água do mar zumbia suavemente e os esguichos forçavam sua entrada nos tanques, criando borbulhas que logo afloravam à superfície.

Era a hora cinzenta do amanhecer. Lee Chong levou as suas latas de lixo para a calçada. O leão de chácara estava na varanda do Bear Flag coçando a barriga. Sam Malloy saiu rastejando da caldeira e sentou em seu bloco de madeira, contemplando o horizonte a leste, que começava a clarear. Sobre os rochedos, perto da Estação Marinha de Hopkins, os leões-marinhos rugiam monotonamente. O velho chinês subiu do mar, com a cesta pingando, pôs-se a subir a ladeira, a sola despregada fazendo barulho na calçada.

E foi nesse momento que um carro entrou em Cannery Row. Era Doc e foi parar diante do laboratório. Os olhos estavam injetados de fadiga. Ele se movia lentamente, de tão cansado. Depois de parar o carro, ele continuou sentado por um momento, a fim de que os solavancos da estrada deixassem seus nervos. Só depois é que saltou do carro. Ao ouvirem seus passos na calçada, as cascavéis esticaram as línguas bifurcadas e ondulantes. Os ratos correram freneticamente em suas gaiolas. Doc chegou ao alto da escada e parou, olhando aturdido para a porta pendente e a janela quebrada. O cansaço parecia ter se dissipado inteiramente. Entrou rapidamente no laboratório e percorreu cômodo por cômodo, desviando-se dos vidros quebrados. Abaixou-se de repente e pegou um disco espatifado, verificando o título.

Na cozinha, a gordura derramada no chão já estava esbranquiçada. Os olhos de Doc estavam vermelhos de raiva. Sentou no sofá, a cabeça afundando entre os ombros, o corpo tremendo ligeiramente de raiva. Ele levantou abruptamente e ligou o fonógrafo. Pôs um disco e ajeitou o braço. Somente um silvo saiu do alto-falante. Doc levantou o braço do fonógrafo, parou o prato, voltou a sentar no sofá.

Na escada, soaram passos indecisos. Um instante depois, Mack passou pela porta. Seu rosto estava todo vermelho. Parou no meio da sala, hesitante.

– Doc... os rapazes e eu...

Por um momento, Doc parecia não tê-lo visto. Mas, bruscamente, levantou-se de um pulo. Mack cambaleou para trás.

– Foi você quem fez isso?

– Os rapazes e eu...

O punho pequeno mas vigoroso de Doc avançou rapidamente, acertando na boca de Mack. Os olhos de Doc brilhavam intensamente, com uma raiva animal. Mack caiu sentado no chão. O punho de Doc fora devastador. Os lábios de Mack estavam rachados contra os dentes, um dos dentes da frente estava acentuadamente inclinado para dentro.

– Levante! – berrou Doc.

Mack fez um esforço para ficar de pé, cambaleando. As mãos estavam caídas nos lados do corpo. Doc atingiu-o novamente, um soco frio e calculista, para castigar, também na boca. O sangue esguichou dos lábios de Mack, escorreu pelo queixo. Ele tentou lamber os lábios.

– Levante as mãos! Lute, seu filho da puta!

Doc acertou-o novamente, ouvindo o barulho de dentes quebrando. A cabeça de Mack foi jogada bruscamente para trás, mas ele estava agora preparado e por isso não caiu. E as mãos continuavam abaixadas.

– Pode bater, Doc – balbuciou ele, a voz engrolada, entre os lábios rachados. – Era o que tinha mesmo de acontecer.

Os ombros de Doc se vergaram em derrota. E ele disse, amargurado:

– Seu filho da puta... seu filho da puta nojento...

Depois, Doc voltou a sentar no sofá e olhou para os nós dos dedos esfolados. Mack sentou numa cadeira e ficou olhando para ele. Os olhos de Mack estavam arregalados, cheios de dor. Nem mesmo limpava o sangue que escorria por seu queixo. Na cabeça de Doc começou a se formar a abertura monótona de "Hor ch'el Ciel e la Terra", o lamento infinitamente triste e resignado de Petrarca por Laura. Doc avistou a boca sangrando de Mack através da música, a música que estava em sua cabeça e no ar. Mack continuava sentado, inteiramente imóvel, quase como se também pudesse ouvir a música. Doc olhou para o lugar em que estava o álbum de Monteverdi, antes de se lembrar que haviam quebrado o fonógrafo.

Ele levantou-se e disse para Mack:

– Vá lavar o rosto.

Depois, saiu da sala, desceu a escada e atravessou a rua, entrando na mercearia de Lee Chong. Lee não olhou para ele, enquanto pegava duas cervejas na geladeira. Recebeu o dinheiro sem dizer nada. Doc voltou ao laboratório.

Mack estava no banheiro, limpando o rosto com toalhas de papel umedecidas. Doc abriu uma garrafa e despejou-a gentilmente num copo, mantendo-o inclinado, a fim de que o colarinho muito fino subisse até em cima. Depois, encheu um segundo copo e levou os dois para a sala da frente. Mack saiu do banheiro enxugando a boca com uma toalha de papel molhada. Doc indicou a cerveja com um aceno de cabeça. Mack abriu a boca e despejou a metade do copo pela garganta, sem engolir. Suspirou explosivamente e ficou olhando para a cerveja. Doc já terminara de tomar o seu copo. Pegou a garrafa e tornou a encher os copos. Sentou no sofá e indagou:

– O que aconteceu?

Mack olhou para o chão e uma gota de sangue caiu de seus lábios na cerveja. Ele tornou a enxugar os lábios partidos.

– Os rapazes e eu queríamos oferecer uma festa a você, Doc. Pensamos que ia chegar em casa ontem à noite.

Doc sacudiu a cabeça.

– Estou entendendo.

– Mas a festa acabou escapando ao nosso controle. Sei que não adianta nada dizer que lamento muito. Passei a vida inteira me lamentando. E não adianta coisa alguma. É sempre assim. – Mack fez uma pausa, tomando um gole grande de cerveja. – Já fui casado. E aconteceu a mesma coisa. Tudo o que eu fazia sempre saía errado. Ela não aguentou mais. Se eu fazia alguma coisa boa, acabava azedando de alguma maneira. Se lhe dava um presente, sempre tinha algo errado. Ela só teve mágoas de mim. E chegou um momento em que ela não podia mais suportar. A mesma coisa acontecia em toda parte, de tal forma que passei a bancar o palhaço apenas. Não faço outra coisa que não bancar o palhaço. Procuro fazer os rapazes rirem.

Doc tornou a assentir. A música estava soando novamente em sua cabeça, lamento e resignação se misturando.

– Posso entender...

– Fiquei contente quando me bateu, Doc. Pensei comigo mesmo: "Talvez seja a lição que estou precisando. Talvez nunca mais vá me esquecer disso." Mas a verdade é que não consigo me lembrar de nada. Não aprendo coisa alguma. Do jeito que vejo as coisas, Doc, estávamos todos felizes e nos divertindo a valer. Você estava contente porque estávamos lhe oferecendo uma festa. E nós também estávamos contentes. Do jeito que vejo as coisas, foi uma boa festa.

Mack acenou com a mão para os destroços espalhados pelo chão, antes de acrescentar:

– Era a mesma coisa quando eu estava casado. Pensava nela de vez em quando... mas nunca deixava de fazer coisas assim.

– Entendo...

Doc abriu a segunda garrafa de cerveja e encheu os copos.

– Doc, os rapazes e eu vamos limpar tudo aqui. E pagaremos todas as coisas que quebraram. Nem que leve cinco anos, vamos pagar tudo.

Doc sacudiu a cabeça lentamente e enxugou a espuma de cerveja do bigode.

– Não, obrigado. Pode deixar que limparei tudo. Sei o que fazer com as coisas.

– Pagaremos por tudo, Doc.

– Não vai, não, Mack. Vai pensar a respeito e se preocupar por algum tempo, mas não vai pagar nada. Deve haver uns trezentos dólares em vidros. Não diga que vai pagar. Isso só servirá para deixá-lo apreensivo. Podem se passar dois ou três anos até que esqueça e se sinta de novo inteiramente à vontade. E, de qualquer forma, você não iria mesmo pagar.

– Acho que tem razão, Doc. Mais do que isso, sei que está certo. O que podemos fazer?

– Não há mais nada para fazer. Esses socos na sua boca tiraram tudo de minha cabeça. O melhor é esquecermos.

Mack terminou a cerveja e levantou.

– Até a vista, Doc.

– Até a vista. Só uma coisa, Mack... o que aconteceu com a sua esposa?

– Não sei. Ela simplesmente foi embora.

Mack desceu desajeitadamente a escada, atravessou a rua e o terreno baldio, subindo para o Palace. Doc ficou observando-o pela janela. E depois, cansado, pegou uma vassoura atrás do aquecedor de água. Levou o dia inteiro para limpar tudo.

22

Henri, o pintor, não era francês e nem se chamava Henri. E também não era realmente um pintor. Henri absorvera tanto as histórias da Rive Gauche de Paris que passara a viver lá, embora nunca tivesse ido à França. Acompanhava fervorosamente pelos jornais os movimentos dadaístas e os cismas, a religiosidade e os ciúmes estranhamente femininos, o obscurantismo das escolas que se formavam e se desfaziam com igual facilidade. Revoltava-se regularmente contra as técnicas e materiais obsoletos. Numa temporada renunciava à perspectiva. Em outra abandonava o vermelho. Finalmente desistiu inteiramente de pintar. Não se sabe se Henri era ou não um bom pintor, pois se lançava tão vigorosamente aos movimentos que lhe restava muito pouco para se dedicar à pintura.

Há dúvidas sobre sua pintura. Não se podia julgar direito por suas produções em penas de galinha de cores diferentes e em cascas de noz. Mas, como construtor de barcos, era magnífico. Henri era um artífice admirável. Vivera numa tenda anos atrás, quando começara a construir o barco e até que a cozinha e o camarote estivessem em condições para que se mudasse. Mas a partir do momento em que tal acontecera, o barco passara a ser sua residência permanente. O barco era mais esculpido do que construído. Tinha 10,6 metros de comprimento e suas linhas estavam em constante mudança. Por algum tempo, tivera uma proa de clíper e a popa de contratorpedeiro. Em outra ocasião, parecera vagamente com uma caravela. Como Henri não tinha dinheiro, às vezes levava meses para conseguir uma tábua no tamanho certo, um pedaço de ferro ou meia dúzia de parafusos. Era assim mesmo que ele queria, pois Henri não tinha a menor intenção de algum dia concluir o barco.

O barco estava entre pinheiros, num terreno que Henri alugara a cinco dólares por ano. Era o suficiente para pagar os impostos e deixava o proprietário satisfeito. O barco repousava em fundações de concreto. Uma escada de corda estava pendurada pelo lado, a não ser quando Henri se encontrava em casa. Nessa ocasião, Henri suspendia a escada de cordas, só a arriando quando chegavam convidados. O pequeno camarote tinha um banco acolchoado, que se estendia por três lados. Era nesse banco que Henri dormia e os convidados sentavam-se. Uma mesa era desdobrada quando se tornava necessário, um lampião pendia do teto. A cozinha era uma maravilha de projeto compacto, cada item fora o resultado de meses de pensamento e trabalho.

Henri era moreno e taciturno. Continuava a usar uma boina muito tempo depois que as outras pessoas já haviam abandonado a moda, fumava um cachimbo de cabaceiro, os cabelos pretos caíam sobre o rosto. Henri tinha muitos amigos, aos quais classificava de um modo geral como os que podiam alimentá-lo e aqueles a quem tinha de alimentar. O barco não tinha nome. Henri dizia que só iria batizá-lo quando estivesse pronto.

Há dez anos que Henri construía o barco e vivia nele. Durante esse tempo, fora casado duas vezes e tivera diversas ligações semipermanentes. E todas as mulheres haviam-no deixado pela mesma razão. O camarote de 2 metros era pequeno demais para duas pessoas. As mulheres ficavam irritadas por baterem com a cabeça no teto sempre que levantavam e achavam que um banheiro era absolutamente necessário. Os banheiros náuticos obviamente não funcionavam a contento num barco em terra e Henri se recusava terminantemente a fazer qualquer concessão, não admitindo um banheiro espúrio de quem vive em terra. Ele e sua companheira do momento tinham de se embrenhar entre os pinheiros. Assim, os seus sucessivos amores tratavam de abandoná-lo.

Pouco depois de ser abandonado pela jovem a quem chamava de Alice, algo bastante curioso aconteceu com Henri. Cada vez que era deixado só, Henri lamentava formalmente por algum tempo, embora na verdade experimentasse uma sensação de alívio. Podia esticar-se no pequeno camarote. Podia comer o que desejava. Sentia-se contente por estar livre por algum tempo das intermináveis funções biológicas femininas.

Adquirira o costume, a cada vez que era abandonado, de comprar um galão de vinho, acomodar-se no banco confortavelmente duro e embriagar-se. Havia ocasiões em que chorava um pouco pelo abandono, mas geralmente experimentava uma sensação maravilhosa de bem-estar por se encontrar novamente sozinho. Poderia ler Rimbaud em voz alta, com um sotaque horrível, mas extasiado com a própria fluência.

Foi durante uma dessas lamentações rituais pela Alice perdida que a coisa estranha começou a acontecer. Era noite, o lampião estava aceso, Henri mal começara a se embriagar. Subitamente, descobriu que não estava mais sozinho. Deixou que os olhos vagueassem cautelosamente pelo camarote e, no outro lado, deparou com um jovem sentado, um jovem de aparência diabólica, moreno e bem-apessoado. Os olhos do jovem brilhavam de astúcia, espírito e energia, os dentes faiscavam. Havia algo profundamente fervoroso e ao mesmo tempo terrível no rosto dele. Ao lado do jovem estava sentado um garotinho, de cabelos dourados, quase um bebê. O rapaz olhou para o garoto, que também o fitou, rindo deliciado, como se algo maravilhoso estivesse para acontecer. O rapaz olhou para Henri e sorriu, depois tornou a fitar o garoto. Tirou do bolso esquerdo do colete uma afiada navalha antiquada. Abriu-a e indicou o garoto com um aceno de cabeça. Passou a mão pelos cachos dourados e o garoto tornou a rir, alegremente. Depois, o rapaz cortou a garganta do garoto, que continuou a rir. Mas

Henri estava uivando de terror. Levou muito tempo para compreender que nem o rapaz nem o garoto estavam realmente ali.

Assim que a tremedeira diminuiu um pouco, Henri saiu correndo do camarote, pulou pela amurada do barco e saiu em disparada entre os pinheiros. Passou horas e horas andando de um lado para outro e finalmente foi para Cannery Row.

Doc estava no porão, trabalhando com gatos, quando Henri apareceu. Continuou a trabalhar, enquanto Henri lhe contava o estranho incidente. Quando ele terminou, Doc fitou-o atentamente, para determinar o quanto havia de medo e o que não passava de um ato teatral. Constatou que havia principalmente medo.

– Acha que é um fantasma? – indagou Henri. – Será algum reflexo de algo que aconteceu ou um horror freudiano que irrompeu de dentro de mim? Estarei completamente doido? Posso lhe garantir que vi tudo. Aconteceu diante dos meus olhos, tão claramente quanto o estou vendo agora.

– Não sei explicar.

– Não quer ir até o barco comigo para ver se torna a acontecer?

– Não. Se eu deparar com a mesma coisa, pode ser um fantasma. O que me deixaria terrivelmente apavorado, porque não acredito em fantasmas. E se você tornar a ver, mas eu não, seria apenas uma alucinação. Nesse caso, só você ficaria apavorado.

– Mas o que vou fazer, Doc? Se eu tornar a ver, saberei o que está para acontecer e tenho certeza de que morrerei. O pior é que o rapaz não parece um assassino. É até simpático e o garoto também. Mas ele cortou a garganta do garoto. Eu vi!

– Não sou psiquiatra nem caçador de bruxas e não é agora que vou começar.

Uma voz de mulher soou neste momento no porão:

– Olá, Doc. Posso entrar?

– Claro.

Era uma moça bonita e parecia muito esperta. Doc apresentou-a a Henri, explicando em seguida:

– Henri está com um problema. Ou viu um fantasma ou está com a consciência terrivelmente culpada. Não sabe direito. Conte a história para ela, Henri.

Henri tornou a relatar o incidente e os olhos da moça faiscaram. Assim que ele acabou, a moça comentou:

– Mas isso é horrível! Nunca antes, em toda a minha vida, cheguei perto de um fantasma. Vamos até lá para ver se acontece novamente.

Doc ficou observando-os saírem, um tanto amargurado. Afinal, a moça viera visitá-lo.

A moça jamais chegou a ver o fantasma, mas gostou de Henri e passaram-se cinco meses antes que o camarote apertado e a falta de um banheiro acabassem por afugentá-la.

23

Um clima sombrio envolveu o Palace. Toda a alegria desapareceu. Mack voltou do laboratório com a boca arrebentada e os dentes quebrados. Como uma espécie de penitência, não lavou o rosto. Foi direto para a cama, puxou o cobertor por cima da cabeça e passou o dia inteiro deitado. O coração estava tão machucado quanto a boca. Repassou mentalmente todas as coisas ruins que fizera ao longo da vida e tudo o que fizera lhe pareceu ruim. Sentiu-se profundamente triste.

Hughie e Jones passaram algum tempo com o olhar perdido no espaço e depois, sombriamente, foram à fábrica Hediondo e pediram emprego, sendo prontamente contratados.

Hazel sentia-se tão deprimido que foi para Monterey e provocou uma briga com um soldado, perdendo deliberadamente. Sentiu-se um pouco melhor por ter sido derrotado por um homem que sabia que podia vencer com uma das mãos nas costas.

Darling era a única criatura feliz no Palace. Passou o dia inteiro debaixo da cama de Mack, roendo os sapatos dele, na maior felicidade. Era uma cadela esperta e tinha os dentes muito afiados. Por duas vezes, em seu sombrio desespero, Mack estendeu as mãos para baixo da cama e pegou-a, ajeitando-a na cama como companhia. Mas Darling se desvencilhou nas duas ocasiões e voltou a roer os sapatos dele.

Eddie foi ao La Ida e conversou com seu amigo, o garçom. Tomou alguns tragos e arrumou uns níqueis emprestados, usando-os para tocar "Melancholy Baby" cinco vezes na vitrola automática.

Mack e os rapazes estavam envolvidos por uma nuvem de desespero e depressão e sabiam disso. E mais: sabiam que mereciam. Tornaram-se párias sociais. As suas boas intenções estavam agora esquecidas. O fato de terem projetado a festa para Doc, se era conhecido, jamais era mencionado ou levado em consideração. A história chegou ao Bear Flag. Foi contada nas fábricas. No La Ida, os bêbados conversaram a respeito, assumindo posições indignadas. Lee Chong recusava-se a fazer comentários. Estava se sentindo financeiramente magoado. E a história foi adquirindo maiores proporções, à medida que se espalhava. Mack e os rapazes tinham roubado a bebida e o dinheiro. Haviam arrombado o laboratório e destruído tudo o que lá havia sistematicamente, por pura maldade. Mesmo as pessoas que deviam saber melhor acreditaram nessa versão. Alguns dos bêbados do La Ida chegaram a cogitar uma expedição ao Palace para dar uma surra em Mack e nos rapazes, para que aprendessem que não podiam fazer uma coisa assim com Doc.

Somente o conhecimento da capacidade de solidariedade e de luta de Mack e dos rapazes é que evitou as represálias. Houve pessoas que se sentiram profundamente indignadas com o episódio, mas não eram capazes de manterem tal sentimento por muito tempo. O mais indignado era Tom Sheligan, que teria participado de bom grado da festa, se tivesse sido informado.

Socialmente, Mack e os rapazes foram postos na marginalidade. Sam Malloy não os cumprimentava quando passavam pela caldeira. Assim, eles se retraíam. Ninguém podia prever como sairiam da crise. É que existem duas reações possíveis ao ostracismo social: ou um homem emerge determinado a ser melhor, mais puro e generoso ou desanda para o mal, desafia o mundo e faz coisas ainda piores. A segunda é a reação mais comum ao estigma social.

Mack e os rapazes ficaram equilibrados entre o bem e o mal. Eram generosos e meigos com Darling, eram pacientes e tolerantes entre si. Assim que passou a reação inicial, fizeram uma limpeza geral no Palace, como nunca antes acontecera. Poliram meticulosamente o fogão, lavaram todas as suas roupas, até mesmo os cobertores. Financeiramente, tornaram-se solventes. Hughie e Jones estavam trabalhando e levavam o dinheiro para casa. Compravam tudo o que precisavam no alto da ladeira, no Mercado da Economia, porque não podiam suportar os olhares de reprovação de Lee Chong.

Foi nessa ocasião que Doc fez uma observação que poderia ser verdadeira, mas havia um fator que faltava e por isso nunca se poderia saber se era mesmo correta. Foi no Quatro de Julho. Doc estava sentado no laboratório com Richard Frost. Tomava cerveja, ouviam um novo álbum de Scarlatti e olhavam pela janela. Diante do Palace, havia um tronco grande, em que Mack e os rapazes estavam sentados, aproveitando o sol da manhã. Olhavam lá para baixo, na direção do laboratório.

Doc disse:

– Olhe só para eles. Acho que são os verdadeiros filósofos. Mack e os rapazes sabem tudo o que já aconteceu no mundo e provavelmente tudo o que acontecerá. Creio que sobrevivem neste mundo em particular melhor do que as outras pessoas. Mostram-se relaxados numa época em que as pessoas se consomem de ambição, nervosismo e cobiça. Todos os nossos homens supostamente bem-sucedidos são doentes, com estômagos ruins e almas piores. Mas Mack e os rapazes são saudáveis e extremamente puros. Podem fazer tudo o que querem. Podem satisfazer seus apetites sem os chamarem de qualquer outra coisa.

O discurso deixou a garganta de Doc tão ressequida que ele esvaziou toda a cerveja que tinha no copo. Sacudiu dois dedos no ar e sorriu, comentando:

– Não há nada como o primeiro gosto de cerveja.

Richard Frost declarou:

– Acho que eles são iguais a todos os demais. A única diferença é que eles não têm dinheiro.

– Mas poderiam ter. Sempre poderiam estragar suas vidas para ganhar dinheiro. Mack possui qualidades de gênio. São todos muito espertos, quando querem alguma coisa. Mas conhecem bem demais a natureza das coisas para querê-las desesperadamente.

Se Doc soubesse da tristeza imensa de Mack e dos rapazes não teria feito a declaração seguinte. Mas ninguém lhe falara da pressão social que estava sendo exercida contra os moradores do Palace.

Ele despejou cerveja em seu copo lentamente, enquanto falava:

– Acho que posso dar-lhe uma prova do que estou dizendo. Está vendo como eles estão sentados de frente para cá? Dentro de meia hora, a Parada do Quatro de Julho vai passar pela avenida Lighthouse. Basta virarem a cabeça para poderem ver. Se levantarem, poderão assistir a tudo. E se andarem dois quarteirões não muito grandes, poderão ficar à beira da rua por onde a Parada vai passar. Mas aposto quantas cervejas você quiser que eles nem mesmo vão virar a cabeça.

– Se eles não virarem, o que isso vai provar? – indagou Richard Frost.

– O que vai provar? Ora, simplesmente que eles sabem o que há no desfile. Saberão que o prefeito virá na frente, num automóvel, com faixas no capô. Depois, virá Long Bob, em seu cavalo branco, carregando a bandeira. Em seguida teremos o conselho municipal e duas companhias de soldados do presídio, os membros de diversas organizações, como os Elks com seus guarda-chuvas roxos, os Knights Templar maçons, com penas brancas de avestruz e espadas, os Knights of Columbus católicos, com penas vermelhas de avestruz e espadas. Mack e os rapazes já sabem de tudo. A banda estará tocando. Eles já viram tudo. Não precisam olhar novamente.

– Não existe um homem que seja capaz de resistir a uma parada – afirmou Richard Frost.

- Quer dizer que aposta?
- Aposto.
- Sempre me pareceu muito estranho. As coisas que admiramos nos homens, bondade e generosidade, franqueza, honestidade, compreensão e sentimento, são os elementos do fracasso em nosso sistema. E as características que detestamos, astúcia, ganância, cobiça, mesquinharia e egoísmo, são os fatores do sucesso. Enquanto os homens admiram as qualidades que citei, adoram o resultado das outras características.
- Quem vai querer ser bom, se também está com fome?
- Não se trata de uma questão de fome. É algo muito diferente. A venda da alma para conquistar o mundo é completamente voluntária e quase unânime... mas não totalmente. Por toda parte, no mundo inteiro, existem pessoas como Mack e os rapazes. Já as encontrei vendendo sorvete no México e em Aleut, no Alasca. Sabe que Mack e os rapazes queriam me oferecer uma festa e algo saiu errado. Mas a intenção deles era a de me darem uma festa. Foi o impulso que os motivou. Ei, não é a banda que está tocando?

Doc tornou a despejar cerveja nos copos e os dois se aproximaram da janela.

Mack e os rapazes continuavam sentados no banco, de frente para o laboratório, parecendo extremamente abatidos. O barulho da banda vinha da avenida Lighthouse, os tambores ecoando entre os prédios. E, subitamente, o carro do prefeito apareceu, o capô coberto por fitas coloridas. Um instante depois e lá estava Long Bob, em seu cavalo branco, carregando a bandeira, depois a banda, os soldados, os Elks, Knights Templar, Knights of Columbus. Richard e Doc estavam inclinados para a frente, atentos, só que não observavam o desfile e sim os homens sentados no tronco, no alto do morro.

E não houve uma cabeça que se virasse, um pescoço que se esticasse. O desfile passou e os homens sentados no tronco não se mexeram. Doc esvaziou o copo e tornou a sacudir dois dedos.

– Ah, não há nada no mundo como o primeiro gosto de cerveja.

Richard encaminhou-se para a porta.

– Qual é a cerveja que prefere?

– A mesma marca – respondeu Doc, suavemente.

Ele estava olhando para Mack e os rapazes, os lábios entreabertos num sorriso.

É muito fácil dizer "O tempo tudo cura, isso também vai passar, as pessoas esquecerão" e outras coisas do gênero, quando você não está diretamente envolvido. Mas quando está, o tempo parece que não passa, as pessoas não esquecem e você fica no meio de uma situação inalterável. Doc não conhecia o sofrimento e as críticas autodestrutivas que imperavam no Palace. Se soubesse, certamente teria tentado tomar alguma providência. E Mack e os rapazes não sabiam como Doc se sentia. Se soubessem, poderiam levantar a cabeça novamente.

Foi um período terrível. O mal pairava sombriamente sobre o terreno baldio. Sam Malloy teve diversas brigas com a esposa e ela passava o tempo todo chorando. Os ecos dentro da caldeira davam a impressão de que ela estava chorando debaixo d'água. Mac e os rapazes pareciam ser o ponto central dos problemas. O gentil leão de chácara do Bear Flag expulsou um bêbado, mas empurrou-o com tanta força e tão longe que o homem quebrou as costelas. Alfred teve de ir três vezes a Salinas até se livrar do problema inteiramente. Mas nem assim sentiu-se muito feliz. Normalmente, ele era gentil demais para machucar alguém.

Por cima de tudo isso, um grupo de damas moralistas da cidade exigiu que os covis do vício fossem fechados, a fim de proteger a juventude americana. Isso acontecia pelo menos uma vez por ano, no período estagnado entre o Quatro de Julho e a Feira do Condado. Na ocasião, Dora geralmente fechava o Bear Flag por uma semana. Não era tão ruim assim. Podia-se desfrutar umas pequenas férias e efetuar os reparos necessários nos encanamentos e paredes. Mas naquele ano as damas se lançaram a uma verdadeira cruzada. Queriam o escalpo de alguém. Fora um verão insípido e elas estavam irrequietas. A situação se deteriorou a tal ponto que tiveram de informá-las a quem pertencia na verdade a propriedade em que o vício era praticado, o que representavam os aluguéis e as dificuldades que poderiam advir do fechamento. Pode-se ter por aí uma ideia de quão perto elas chegaram de constituir uma grave ameaça.

Dora passou duas semanas inteiras fechada e durante esse período foram realizadas três convenções em Monterey. Espalhou-se a notícia do fechamento do Bear Flag e Monterey perdeu cinco convenções para o ano seguinte. As coisas estavam ruins em toda parte. Doc teve de pedir um empréstimo ao banco para substituir os vidros quebrados na festa. Elmer Rechati adormeceu nos trilhos da Southern Pacific e acabou perdendo as pernas. Uma tempestade súbita e completamente inesperada desprendeu uma rede de pesca e três embarcações menores de seus atracadouros, arremessando-as contra a praia Del Monte, quase que completamente destroçadas.

Não há como explicar tal sucessão de infortúnios. Cada homem culpa a si mesmo. Em suas mentes soturnas, as pessoas recordam pecados cometidos secretamente e se perguntam se não teriam causado toda a sequência do mal. Um homem atribui tudo às manchas solares, enquanto outro, invocando a lei das probabilidades, não acredita. Nem mesmo os médicos tiveram um período sossegado. Houve muitos doentes, mas nenhum podia ser incluído entre os bons pagadores. E não era nada que um bom medicamento não pudesse curar.

E para arrematar tudo, Darling ficou doente. Era uma cachorrinha gorda e muito ativa quando caiu doente, mas cinco dias de febre reduziram-na a um pequeno esqueleto coberto de pele. O focinho cor de fígado ficou rosado, as gengivas se tornaram brancas. Os olhos estavam vidrados pela doença, o corpo todo estava quente, embora de vez em quando ela estremecesse de frio. Não comia e não tomava água, a barriga antes estufada se encolheu contra a espinha, podia-se até mesmo avistar as articulações da cauda, através da pele. Era evidente que corria perigo de vida.

Um pânico intenso dominou o Palace. Darling tornara-se extremamente importante para Mack e os rapazes. Hughie e Jones largaram imediatamente seus empregos, a fim de poderem estar à mão para qualquer ajuda necessária. Revezavam-se ao lado dela. Mantinham um pano úmido sobre a sua testa. Mas Darling foi ficando cada vez mais fraca e doente. Finalmente, embora não o quisessem, Hazel e Jones foram chamar Doc. Encontraram-no estudando uma carta de marés, enquanto comia um guisado de galinha, cujo principal ingrediente não era galinha, mas sim os moluscos. Os dois acharam que Doc recebeu-os um tanto friamente.

– É Darling – disseram eles. – Ela está doente.

– O que há com ela?

– Mack diz que é cinomose.

– Não sou veterinário. Não sei como tratar essas coisas.

– Não poderia ir dar uma olhada? – perguntou Hazel. – Darling está muito doente.

Formaram um círculo em volta, enquanto Doc examinava Darling. Ele verificou os olhos e as gengivas, sentiu as orelhas para verificar a febre. Passou o dedo pelas costelas, puladas como aros. E depois indagou:

– Ela não quer comer?

– Absolutamente nada – respondeu Mack.

– Pois terão de forçá-la a se alimentar... uma sopa forte, ovos e óleo de fígado de bacalhau.

Todos acharam que Doc se mostrara por demais frio e profissional. E ele voltou à sua carta de marés e ao guisado de galinha.

Mas Mack e os rapazes tinham agora algo para fazer. Ferveram carne até que o caldo ficasse tão forte quanto uísque. Puseram óleo de fígado de bacalhau na língua de Darling e a maior parte escorregou pelo corpo, Levantaram a cabeça dela e fizeram um funil, derramando a sopa. Darling tinha de engolir ou se engasgar. Alimentavam-na e davam água de duas em duas horas. Antes, haviam dormido em turnos. Agora, ninguém mais dormia. Ficaram sentados em silêncio, esperando pelo desfecho da crise de Darling.

E aconteceu pela manhã, bem cedo. Os rapazes estavam sentados em suas cadeiras, meio adormecidos. Mas Mack estava completamente desperto, os olhos fixados em Darling. Viu quando as orelhas dela se mexeram duas vezes, o peito arfou. Com extrema fraqueza, Darling ergueu-se lentamente sobre as pernas compridas e finas, arrastou-se até a porta, tomou quatro goles de água e depois desabou no chão.

Mack gritou para despertar os outros. Pôs-se a dançar freneticamente. Todos os rapazes desataram a gritar ao mesmo tempo. Lee Chong ouviu-os e resmungou consigo mesmo, enquanto carregava as latas de lixo. Alfred, o leão de chácara, também ouviu e pensou que os rapazes estivessem promovendo uma festa.

Por volta das 9 horas, Darling já comera um ovo cru e um pouco de creme batido, sozinha, sem qualquer ajuda. Por volta de meio-dia, já estava visivelmente engordando. Ao final de um dia, ela brincou um pouco: ao final da semana, já era novamente uma cachorra sadia.

Finalmente se abrira uma brecha no paredão do mal. Havia indícios por toda parte. A traineira encalhada na praia Del Monte foi rebocada para a água e flutuou. Dora foi informada de que já podia reabrir o Bear Flag. Earl Wakefield pegou um escorpião marinho de duas cabeças e vendeu-o ao museu por oito dólares. A muralha de mal e espera desmoronou por completo. Naquela noite, as cortinas foram outra vez fechadas no laboratório e a música gregoriana tocou até 2 horas da madrugada. E ninguém saiu depois que a música parou. Alguma força desconhecida dominou o coração de Lee Chong. Num repente oriental, ele perdoou Mack e os rapazes e cancelou a dívida das rãs, que fora uma dor de cabeça monetária desde o início. E para provar aos rapazes que o perdão era completo, presenteou-os com uma garrafa pequena de Old Tennis Shoes. As compras deles no Mercado da Economia feriram fundo os sentimentos de Lee Chong, mas agora tudo isso pertencia ao passado. A visita de Lee coincidiu com o primeiro impulso destrutivo saudável de Darling, desde a doença. Ela estava agora completamente mimada e ninguém mais pensava em ensinar-lhe qualquer coisa. Quando Lee chegou com o presente, Darling estava destruindo deliberadamente, na maior felicidade, o único par de botas de borracha de Hazel, enquanto seus donos aplaudiam-na, também na maior felicidade.

Mack jamais visitava o Bear Flag profissionalmente. Para ele, seria como um pequeno incesto. Preferia frequentar uma casa perto do campo de beisebol.

Assim, quando ele entrou no bar, todos pensaram que queria apenas tomar uma cerveja. Mack foi direto a Alfred e indagou:

– Dora está?
– O que deseja com ela?
– Quero perguntar uma coisa.
– Sobre o quê?
– Não é da sua conta.

– Está bem, está bem. Vou ver se Dora está interessada em recebê-lo.

Um momento depois, ele conduziu Mack ao santuário. Dora estava sentada a uma escrivaninha de tampo corrediço. Os cabelos alaranjados estavam empilhados em cachos, ela usava uma pala verde. Com uma pena ela atualizava o livro de contas, um espécime antigo, com colunas de entrada e saída.

Vestia um roupão suntuoso, rosa, de seda, com rendas nos punhos e na gola. Assim que Mack entrou, ela girou na cadeira e fitou-o. Alfred ficou parado na porta, à espera. Mack não disse nada até que Alfred saísse e fechasse a porta.

Dora examinou-o com uma expressão desconfiada, até finalmente perguntar:

– E então... em que posso servi-lo?

– É que, madame... Acho que já soube o que fizemos no laboratório do Doc há algum tempo.

Dora empurrou a pala para trás da cabeça e pôs a pena num antiquado encaixe de mola.

– Claro que soube!

– Pois fizemos tudo aquilo pelo Doc, madame. Pode não acreditar, mas queríamos oferecer-lhe uma festa. Só que ele não chegou em casa a tempo e... Para encurtar a coisa, a festa escapou ao nosso controle.

– Foi o que me contaram. E o que deseja agora que eu faça?

– Os rapazes e eu estamos querendo saber sua opinião. Sabe o que achamos do Doc. Queríamos saber o que acha que devemos fazer pelo Doc para demonstrar tudo o que sentimos.

– Hum...

Dora recostou-se na cadeira, cruzou as pernas, ajeitou a seda sobre os joelhos. Pegou um cigarro, acendeu, estudou-o.

– Deram uma festa de que ele não participou. Por que não dão agora outra festa a que ele compareça?

Mais tarde, Mack comentou com os rapazes:

– Foi simples assim. Ali está uma mulher sensacional. Não é de admirar que seja uma madame. É uma mulher e tanto!

24

Mary Talbot – ou seja, a Sra. Tom Talbot – era adorável. Tinha cabelos vermelhos com reflexos esverdeados. A pele era dourada, os olhos muito verdes. O rosto era triangular, com as faces largas, olhos bem separados, o queixo pontudo. Tinha pernas compridas de bailarina e pés de bailarina, parecia jamais tocar no chão quando andava. Quando estava alegre, o que acontecia com bastante frequência, o rosto adquiria um brilho dourado. Sua tatatataravó fora queimada como feiticeira.

Mais do que qualquer outra coisa no mundo, Mary Talbot adorava festas. Adorava oferecer festas e adorava ir a festas. Como Tom Talbot não ganhava muito dinheiro, Mary não podia oferecer festas constantemente. Por isso, costumava persuadir as pessoas a dar festas. De vez em quando telefonava para uma amiga e indagava bruscamente:

– Já não está na hora de você dar uma festa?

Mary tinha normalmente seis aniversários por ano e organizava festas à fantasia, festas surpresa, festas de feriados. A véspera de Natal em sua casa era uma noite emocionante, pois Mary resplandecia. E ela empolgava o marido em seu excitamento por festas.

De tarde, quando Tom estava trabalhando, Mary às vezes oferecia chás para os gatos da vizinhança. Arrumava num banquinho xícaras e pires de boneca. Reunia os gatos, sempre inúmeros, mantinha conversas longas e detalhadas. Era uma espécie de jogo em que se divertia bastante, um jogo satírico que servia para disfarçar e esconder o fato de que não possuía lindas roupas e que os Talbot não tinham qualquer dinheiro. Na maior parte do tempo, estavam à beira da miséria total. E quando se encontravam realmente nas últimas, Mary sempre dava um jeito de promover uma festa.

E era bem capaz de fazê-lo. Podia contagiar a casa inteira com a sua alegria e usava o talento como uma arma contra o desânimo sempre à espreita, aguardando a oportunidade de se lançar sobre Tom. Mary estava convencida de que era essa a sua missão, impedir que o desânimo total desse o bote sobre Tom, pois todos sabiam que ele seria um dia um grande sucesso. De um modo geral, ela era bem-sucedida em seu afã de manter as coisas sombrias longe de sua casa. Mas havia ocasiões em que elas conseguiam se insinuar furtivamente e deixavam Tom prostrado, sentado numa cadeira, a meditar soturnamente por horas a fio, enquanto Mary disparava freneticamente uma carga de alegria.

Certa ocasião, quando o mês já começara e a companhia de água enviara diversas mensagens ríspidas, o aluguel ainda não fora pago, um manuscrito fora devolvido pela *Collier's* e a *New Yorker* mandara de volta os cartuns, uma pleurisia acometeu Tom violentamente e ele foi se refugiar no quarto, estendido na cama, inerte.

Mary entrou no quarto suavemente, pois a desolação de Tom passara por baixo da porta e escapara pelo buraco da fechadura. Ela tinha na mão um ramalhete de ibéridas, dentro de um cartucho de papel.

– Dê uma cheirada.

Ela estendeu o buquê e Tom cheirou as flores, mas não disse nada.

– Sabe que dia é hoje? – perguntou Mary, pensando desesperadamente em algo que pudesse tornar o dia mais animador.

– Por que não enfrentamos a verdade por uma vez que seja? – disse Tom. – Estamos afundando inapelavelmente. De que adianta tentarmos nos enganar?

– Não estamos, não. Somos pessoas encantadas. Sempre fomos. Lembra-se daqueles dez dólares que encontrou num livro? E daqueles cinco dólares que seu primo lhe enviou? Nada pode nos acontecer.

– Mas tem acontecido. Lamento muito, mas não consigo me enganar desta vez. Estou cansado de simular tudo. Para variar, gostaria de encarar a verdade... só por uma vez.

– Estava pensando em dar uma pequena festa esta noite, Tom.

– De que jeito? Não pretende cortar outra vez a fotografia de um presunto cozido de uma revista e colar numa travessa, não é mesmo? Já estou cansado desse tipo de brincadeira. Não tem mais nada de divertido. Ao contrário, é profundamente triste.

– Posso dar uma pequena festa – insistiu Mary. – Não será grande coisa. Ninguém precisará se vestir a caráter. É o aniversário de fundação da Liga das Flores... e você nem ao menos se lembrava.

– Não adianta, Mary. Sei que estou sendo perverso, mas não posso evitar. Por que não sai do quarto, fecha a porta e me deixa em paz? Se não o fizer, vou acabar brigando com você.

Mary fitou-o atentamente e percebeu que ele falava sério. Tratou de sair do quarto e fechou a porta. Tom virou-se na cama e ajeitou o rosto entre os braços. Podia ouvir Mary se movimentando na sala.

Ela decorou a porta com velhos enfeites de Natal, bolas de vidro e tiras douradas, fez um cartaz que dizia Seja bem-vindo, Tom, nosso herói. Foi escutar na porta e não ouviu coisa alguma. Um pouco desconsolada, pegou o banquinho e estendeu um guardanapo por cima. Pôs as flores num copo no meio do banquinho, ajeitou quatro xícaras de brinquedo. Foi à cozinha, pôs o chá no bule e a chaleira com água para ferver no fogo. Depois, saiu para o quintal.

A gata Randolph estava tomando sol, junto à cerca. Mary disse:

– Srta. Randolph, vou receber algumas amigas para o chá e gostaria que nos desse a honra de sua presença.

A gata Randolph rolou de lado languidamente e espreguiçou-se ao sol ameno. Mary acrescentou:

– Por favor, não chegue depois das quatro horas da tarde. Meu marido e eu vamos à Recepção do Centenário da Liga das Flores, no Hotel.

Ela contornou a casa até o quintal dos fundos, onde as trepadeiras de amoras-pretas subiam pela cerca. A gata Casini estava acocorada no chão, grunhindo para si mesma e abanando o rabo furiosamente.

– Sra. Casini...

Mary não continuou, pois percebeu o que a gata estava fazendo. A gata Casini pegara um camundongo. Afagava-o gentilmente com a pata com as unhas encolhidas, enquanto o camundongo guinchava desesperadamente, procurando escapar, mas tendo que arrastar as patas traseiras paralisadas. A gata deixou que o camundongo quase chegasse à proteção dos arbustos da amoreira, depois estendeu a pata delicadamente, esticando os espinhos brancos. Vigorosamente, ela espetou as costas do camundongo, puxando-o para si, enquanto a cauda abanava rapidamente de satisfação.

Tom devia estar pelo menos meio adormecido quando ouviu seu nome ser chamado insistentemente. Levantou-se de um pulo, sobressaltado, a gritar:

– O que aconteceu? Onde você está?

Ele podia ouvir Mary chorando. Saiu correndo para o quintal e percebeu imediatamente o que estava acontecendo.

– Vire a cabeça, Mary!

Tom matou o camundongo. A gata Casini pulou para o alto da cerca, de onde ficou observando, furiosa. Tom pegou uma pedra e arremessou, atingindo-a na barriga e derrubando-a de cima da cerca.

Voltaram para o interior da casa, Mary ainda chorando um pouco. Ela despejou a água quente no bule de chá e levou-o para a sala, determinando ao marido:

– Sente ali.

Tom ajeitou-se no chão, diante do banquinho. E perguntou:

– Não posso tomar o chá numa xícara grande?

Como se não tivesse ouvido, Mary comentou:

– Não posso culpar a gata Casini. Sei como as gatas são. Não é culpa dela. Mas... oh, Tom, vai ser muito difícil tornar a convidá-la! Não vou gostar dela por algum tempo, por mais que isso me faça sofrer!

Ela olhou atentamente para o marido, constatou que a testa dele já não estava mais franzida, os olhos não piscavam mais de desespero.

– De qualquer forma, Tom, estarei muito ocupada por esses dias com a Liga das Flores. Simplesmente não sei como vou encontrar tempo para fazer tudo o que preciso.

Mary Talbot ofereceu uma festa de gravidez naquele ano. E todos comentaram:

– Ah, como o filho dela vai se divertir!

25

Certamente toda Cannery Row e provavelmente toda Monterey sentiram que uma mudança ocorrera. É verdade que não se deve acreditar em presságios. E ninguém acredita. Mas também não prova nada assumir riscos desnecessários. E ninguém os assume. Em Cannery Row, como em todos os lugares, ninguém é supersticioso, mas também ninguém passa debaixo de uma escada ou abre um guarda-chuva dentro de casa. Doc era um cientista puro, imune a qualquer superstição. Mas uma noite, quando chegou em casa bem tarde e deparou-se com uma linha de flores brancas diante da porta, ficou bastante apreensivo. Seja como for, a maioria das pessoas em Cannery Row não acredita nessas coisas, embora prefira não correr riscos.

Na mente de Mack, não havia qualquer dúvida de que uma nuvem negra pairara sobre o Palace. Ele abalizara a festa malograda e chegara à conclusão de que o infortúnio se insinuara furtivamente, que o azar os envolvera. E a partir do momento em que se entra numa fase assim, a melhor coisa a fazer é ir para a cama e esperar que termine. Não há a menor possibilidade de lutar contra o azar. Mas não pense que Mack era supersticioso.

Agora, uma espécie de alegria começou a impregnar Cannery Row e de lá se irradiar. Doc foi muito bem-sucedido, quase que de maneira sobrenatural, com uma sucessão interminável de visitantes femininas. E nem mesmo precisava se empenhar a fundo. No Palace, Darling crescia rapidamente. E como tinha mil gerações de treinamento por trás dela, começou a treinar a si mesma. Ficou enojada de molhar o chão do Palace e passou a sair de casa quando desejava satisfazer as suas necessidades. Era evidente que ia se tornar uma cadela bem-educada e encantadora. E a cinomose não deixara quaisquer consequências.

A influência benigna espalhou-se como gás por toda Cannery Row. Chegou ao estande de hambúrguer do Herman e passou para o Hotel San Carlos. Jimmy Brucia sentiu-a, assim como seu *bartender* cantor, Jimmy. Sparky Evea também sentiu e alegremente empenhou-se em batalha com três guardas novos, que não eram naturais da cidade. Essa influência atingiu até mesmo a cadeia do condado, em Salinas, onde Gay vinha levando uma vida das mais agradáveis, pelo expediente simples de deixar que o xerife o vencesse em partidas de damas. Gay tornou-se subitamente atrevido e passou a ganhar todas as partidas. Perdeu os privilégios, mas sentiu-se novamente um homem íntegro.

Os leões-marinhos igualmente sentiram e suas cantorias assumiram um tom e uma cadência que teriam alegrado o coração de São Francisco. As meninas que estudavam catecismo levantaram os olhos de repente e desataram a soltar risadinhas, sem qualquer razão aparente. Talvez fosse possível desenvolver algum aparelho elétrico tão delicado que pudesse localizar a fonte de toda aquela alegria e sorte que se espalhavam incessantemente. E a triangulação provavelmente indicaria que a fonte era o Palace. Pelo menos o Palace estava impregnado. Mack e os rapazes estavam carregados. De vez em quando, Jones pulava bruscamente de sua cadeira, sapateava por um instante, tornava a sentar. Hazel sorria vagamente por nada. A alegria era tão generalizada e tão intensa que Mack teve alguma dificuldade em mantê-la concentrada e focalizada no objetivo. Eddie, que passara a trabalhar quase regularmente no La Ida, estava acumulando uma adega que prometia. Não mais acrescentava cerveja ao cântaro, explicando que proporcionava um gosto insosso à mistura.

Sam Malloy plantara ipomeias para crescerem sobre a caldeira. Instalara um pequeno toldo, sob o qual ficava sentado com a esposa, ao cair da tarde. Ela estava tricotando uma colcha.

A alegria penetrou até ao Bear Flag. Os negócios iam de vento em popa. A perna de Phyllis Mae estava ficando boa, nas mais perfeitas condições. Ela estava quase pronta para voltar ao trabalho. Eva Flanegan retornara de St. Louis na maior satisfação por voltar. Não estava muito animado em St. Louis e a cidade não era mais tão agradável quanto se recordava. Mas leve-se em consideração que ela era mais jovem quando se divertira intensamente por lá.

O conhecimento ou convicção em relação à festa para Doc não foi algo repentino. Não surgiu plenamente desabrochado. As pessoas sabiam a respeito, mas deixaram que a ideia fosse crescendo gradativamente, como uma crisálida, nos casulos de suas imaginações. Mack era bastante realista a respeito e disse aos rapazes:

– Na última vez tentamos forçar as coisas. Não se pode dar uma boa festa dessa maneira. É preciso deixar que a festa vá se insinuando à sua vontade.

– E quando vai ser? – indagou Jones, impacientemente.

– Não sei.

– E vai ser uma festa surpresa? – perguntou Hazel.

– Deve ser – respondeu Mack. – É o melhor tipo de festa.

Darling trouxe uma bola de tênis que encontrara e Mack pegou e arremessou-a no meio do mato. Ela saiu correndo atrás. Hazel disse:

– Se soubéssemos quando é o aniversário do Doc, poderíamos dar uma festa de aniversário.

Mack ficou boquiaberto. Hazel o surpreendia constantemente.

– Por Deus, Hazel, descobriu a pólvora! É isso mesmo! Se for o aniversário dele, haverá presentes. É o segredo para o sucesso da festa. Temos de descobrir quando é.

– Isso é fácil – comentou Hughie. – Basta perguntar ao Doc.
– Não pode ser, porque ele ficaria prevenido. Se perguntarmos quando é o seu aniversário, especialmente depois daquela outra festa, o Doc vai descobrir por que estamos querendo saber. Mas talvez eu possa ir até lá e farejar as coisas um pouco, sem deixar escapar nada.
– Vou com você – propôs Hazel.
– Não. Se formos nós dois, o Doc pode imaginar que estamos planejando alguma coisa.
– Mas a ideia foi minha! – protestou Hazel.
– Sei disso – respondeu Mack. – E quando chegar o momento oportuno, pode deixar que direi ao Doc que a ideia foi sua. Mas acho melhor eu ir até lá sozinho.
– Como está o Doc? – perguntou Eddie. – Com bom humor?
– Claro. Doc está muito bem.

Mack foi encontrá-lo no porão do laboratório. Doc usava um avental de borracha comprido e luvas de borracha para proteger as mãos do formol. Estava injetando fluido colorido nas veias e artérias de pequenos cações. A pequena misturadora girava incessantemente, misturando a poção azul. O fluido vermelho já estava na arma de pressão. As mãos de Doc trabalhavam com extrema precisão, enfiando a agulha no lugar e apertando o gatilho de ar comprimido, para injetar a cor nas veias. Ele pôs o peixe terminado numa pilha. Teria de voltar a trabalhá-los, para aplicar a poção azul nas artérias. Os pequenos cações eram excelentes espécimes para dissecação.

– Olá, Doc – disse Mack. – Pelo que vejo, anda bastante ocupado, hein?
– E como! A cachorrinha está bem?
– Muito bem. Teria morrido, se não fosse a sua ajuda.

Por um instante, uma onda de cautela envolveu Doc, para logo depois se dissipar. Normalmente, um elogio deixava-o cauteloso. Há muito tempo que lidava com Mack. Mas o tom não tinha qualquer outra coisa além de gratidão. E Doc sabia como Mack se sentia em relação à cachorrinha.

- Como estão as coisas no Palace?
- Tudo bem, Doc, tudo bem. Temos duas cadeiras novas. Gostaria que aparecesse por lá um dia, para nos visitar. Está tudo muito bem lá por cima agora.
- Prometo que farei essa visita. Eddie ainda está enchendo o cântaro?
- Claro. Só que agora ele não põe mais cerveja e acho que a coisa ficou bem melhor. Tem mais força.
- Já tinha bastante força antes.

Mack ficou esperando, pacientemente. Mais cedo ou mais tarde, Doc iria lhe proporcionar a oportunidade. E se o próprio Doc abordasse o assunto, pareceria menos suspeito. Era sempre esse o método de Mack.

- Não vejo Hazel há algum tempo, Mack. Por acaso ele está doente?
- Não - respondeu Mack, aproveitando a brecha para desfechar a ofensiva. - Hazel está muito bem. Ele e Hughie estão empenhados numa batalha, que já dura uma semana. - Mack fez uma pausa, soltando uma risadinha. - E o mais engraçado é que nenhum dos dois sabe nada a respeito. Fiquei de fora, porque também não sei. Mas eles não se convencem de que não sabem de nada. E chegaram até a ficar um pouco irritados um com o outro.
- Qual é a discussão? - perguntou Doc.
- É que Hazel está sempre comprando esses horóscopos, procurando os seus dias de sorte, vendo o que dizem os astros e coisas assim. E Hughie diz que tudo isso não passa de besteira. Hazel afirmou que, quando se sabe o dia em que um camarada nasceu, pode-se dizer tudo a respeito dele. Daí Hughie declarou que Hazel está simplesmente comprando pedaços de papel sem qualquer valor. Quanto a mim, não sei nada a respeito dessas coisas e por isso não me meto. Qual é a sua opinião, Doc?
- Fico mais para o lado de Hughie.

Doc parou a misturadora, lavou a arma injetora e encheu-a com o fluido azul.

– A discussão esquentou na noite passada, Doc. Perguntaram-me quando nasci e respondi que foi em 12 de abril. Hazel foi comprar um horóscopo e leu tudo a meu respeito. E até que acertou em algumas coisas. Mas era tudo favorável e a gente sempre acredita nas coisas assim. Dizia que sou bravo e inteligente, generoso com os amigos. Mas Hazel garante que é tudo verdade. Quando é o seu aniversário, Doc?

Ao final da conversa comprida, parecia uma pergunta perfeitamente natural. Não se podia suspeitar de coisa alguma. Mas deve-se levar em consideração que Doc conhecia Mack há muito tempo. Se não conhecesse, teria dito que era 18 de dezembro o seu aniversário e não a data que respondeu.

– Vinte e sete de outubro, Mack. Pergunte a Hazel o que diz o horóscopo.

– Provavelmente não passa de besteira, mas Hazel leva a coisa muito a sério. Vou pedir a ele para verificar, Doc.

Assim que Mack foi embora, Doc perguntou-se qual seria a trama que estava sendo articulada. Pois sabia que havia alguma coisa por trás daquela conversa. Conhecia bastante bem a técnica de Mack, o seu método habitual. Podia reconhecer o estilo. E não tinha a menor ideia do uso que Mack faria da informação. Foi somente mais tarde, quando os rumores começaram a chegar aos ouvidos de Doc, que ele começou a perceber o plano. Naquela ocasião, porém, sentira-se ligeiramente aliviado, pois pensara que Mack estava a fim de tirar dinheiro dele.

26

Os dois garotos ficaram brincando no estaleiro até que um gato apareceu na cerca. Saíram atrás dele no mesmo instante, fazendo-o atravessar os trilhos. Ao chegarem ali, os garotos encheram os bolsos com pedrinhas. O gato escapou, perdendo-se entre o mato alto, mas os garotos continuaram com as pedras, já que eram perfeitas em peso e formato para serem jogadas. Afinal, nunca se pode saber quando se vai precisar de uma pedra assim. Desceram a Cannery Row e jogaram uma pedra na fachada de ferro corrugado da fábrica Morden. Um homem aturdido olhou pela janela do escritório e depois correu para a porta, mas os garotos eram rápidos demais para ele. Já estavam deitados sob umas tábuas no terreno baldio antes mesmo que o homem chegasse à porta. Ele não conseguiria encontrá-los nem em cem anos.

– Aposto que ele podia nos procurar a vida inteira e não nos encontraria – comentou Joey.

Depois de algum tempo, ficaram cansados de se esconderem sem que alguém os procurasse. Levantaram e foram andando pela Cannery Row. Passaram um longo tempo a contemplar a vitrine de Lee Chong, cobiçando os alicates, os serrotes, bonés de maquinista e bananas. Depois, atravessaram a rua e foram sentar no primeiro degrau da escada que levava ao segundo andar do laboratório.

– O cara daqui tem bebês em vidros – disse Joey.
– Que espécie de bebês? – indagou Willard.
– Bebês comuns, só que antes de terem nascido.
– Não acredito.

– Mas é verdade. Sprague viu e disse que não são maiores do que isso e têm mãos e pés, até olhos.

– E cabelo? – indagou Willard.

– Sprague não falou em cabelos.

– Devia ter perguntado. Acho que ele é um mentiroso.

– É melhor não deixá-lo ouvir você falando assim.

– Pois pode dizer a ele que eu falei. Não tenho medo dele e não tenho medo de você. Quer sair na porrada? – Joey não respondeu. – E então, quer ou não?

– Não. Estava pensando numa coisa: por que não subimos e perguntamos ao cara se ele tem bebês em vidros? Talvez ele até nos mostre, se tiver.

– Ele não está. Quando está, o carro fica parado aqui na frente. E continuo achando que é mentira. Sprague é um mentiroso. E acho que você também é um mentiroso. Quer sair na porrada por causa disso?

Era um dia preguiçoso. Willard ia ter que se esforçar muito para ter qualquer emoção.

– E acho que você é covarde também. Quer sair na porrada por causa disso?

Joey não respondeu e Willard resolveu mudar de tática, indagando em tom de conversa:

– Onde está seu velho agora?

– Está morto.

– É mesmo? Eu não sabia. De que ele morreu?

Por um momento, Joey ficou calado. Tinha certeza de que Willard sabia, mas não podia presumir isso sem ter de brigar. E ele tinha medo de Willard.

– Ele cometeu... ele se matou.

– É mesmo? – Willard assumiu uma expressão consternada. – E como ele se matou?

– Tomou veneno de rato.

A voz de Willard soou estridente de riso:

– O que ele estava pensando... que era um rato?

Joey riu da piada, mas apenas o suficiente.

– Ele deve ter pensado que era um rato – insistiu Willard. – Ele saiu rastejando assim... olhe, Joey... foi assim? E torcia o nariz assim? Tinha um rabo comprido?

Willard não podia conter as gargalhadas quando acrescentou:

– Ele não podia simplesmente procurar uma ratoeira e meter a cabeça nela?

Os dois riram juntos, até que Willard se cansou e procurou outra piada:

– Como ele ficou parecendo quando tomou o veneno de rato... assim?

Willard cruzou os olhos, abriu a boca, pôs a língua para fora.

– Ele ficou doente durante o dia inteiro – disse Joey. – E só morreu no meio da noite. Doeu um bocado.

– Por que ele fez isso?

– Não conseguia arrumar emprego. Estava quase um ano sem trabalhar. E quer saber de uma coisa engraçada? Na manhã seguinte apareceu um sujeito para oferecer um emprego a meu pai.

Willard tentou reinstalar o clima de piada.

– Acho que ele apenas pensou que era um rato.

Mas o esforço foi inútil, até mesmo para o próprio Willard. Joey levantou e enfiou as mãos nos bolsos. Viu um brilho de metal na sarjeta e se encaminhou para lá. Mas no instante em que ia pegar, Willard empurrou-o para o lado e pegou antes.

– Vi primeiro! – gritou Joey. – É minha!

– Vai querer tentar arrancar de mim na porrada? Por que não vai tomar um pouco de veneno de rato?

27

Mack e os rapazes – as Virtudes, Beatitudes, Beldades. Estavam sentados no Palace e eram a pedra lançada no meio do lago, o impulso que provocou ondulações por toda Cannery Row e além, até Pacific Grove, Monterey, subindo o morro até Carmel.

– Desta vez – disse Mack – temos de nos certificar de que Doc vai mesmo à festa. Se ele não aparecer, não damos a festa.

– E onde vamos dar a festa desta vez? – perguntou Jones.

Mack inclinou a cadeira para trás, encostando na parede, ao mesmo tempo em que enganchava os pés nas pernas da frente.

– Tenho pensado muito nisso. É claro que podemos dar a festa aqui, mas seria muito difícil fazer uma surpresa ao Doc assim. E Doc gosta demais da sua própria casa. É lá que tem a sua música.

Mack amarrou a cara, olhando ao redor, antes de acrescentar:

– Não sei quem quebrou o fonógrafo do Doc na última vez. Mas se alguém sequer encostar um dedo agora, vou mostrar pessoalmente o que é bom pra tosse.

– Acho que vai ter de ser mesmo no laboratório – comentou Hughie.

As pessoas não foram informadas formalmente da festa, a notícia simplesmente se espalhou e todo mundo foi aderindo. Sem que ninguém fosse convidado. Mas todos faziam questão de comparecer. O dia 27 de outubro estava envolvido por um círculo vermelho. E como se tratava de uma festa de aniversário, precisavam pensar nos presentes.

Vejamos, por exemplo, o caso das garotas de Dora. Todas elas, em uma ou outra ocasião, haviam visitado o laboratório, em busca de conselhos ou medicamentos. Ou simplesmente querendo uma companhia não profissional. E todas tinham visto a cama de Doc. Estava coberta por uma velha manta vermelha desbotada, cheia de carrapichos, areia, felpas. É que Doc a levava em todas as suas expedições. Se entrava dinheiro, ele preferia comprar equipamentos de laboratório. Nunca lhe ocorria comprar uma manta nova para o seu uso pessoal. As garotas de Dora estavam fazendo para Doc uma colcha de retalhos, recheada, muito bonita, de seda. E como a maior parte da seda disponível provinha de roupas de baixo e vestidos de noite a colcha estava gloriosamente repleta de manchas rosas, lilases, amarelas suaves e cerejas. Elas trabalhavam durante o final da manhã e início da tarde, antes que aparecessem os rapazes da frota de sardinhas. Sob a comunhão de esforços, as brigas e ressentimentos, que sempre estão presentes num bordel, desapareceram por completo.

Lee Chong inspecionou meticulosamente uma fieira de 8 metros de fogos de artifício e um saco de bulbos de lírio chinês. Na sua maneira de pensar, era a melhor coisa que se podia ter numa festa.

Sam Malloy há muito tempo que formara uma teoria sobre antiguidades. Sabia que móveis antigos, assim como louça e objetos de cerâmica, que não haviam sido muito valiosos em seu tempo, haviam adquirido com o passar dos anos um valor muito além de sua beleza ou utilidade. Conhecia o caso de uma cadeira antiga que fora vendida por 500 dólares. Sam colecionava peças de automóveis históricos e estava convencido de que a coleção, depois de torná-lo muito rico, iria repousar sobre veludo preto nos melhores museus. Depois de pensar muito na festa, Sam foi dar uma olhada em sua coleção, que guardava numa caixa grande, sempre trancada, atrás da caldeira. Decidiu dar de presente a Doc uma de suas melhores peças, a biela de um Chalmers 1916. Esfregou e poliu o seu tesouro, até que estivesse brilhando como uma peça de armadura antiga. Fez uma caixa para alojar a biela e forrou-a com um pano preto.

Mack e os rapazes também pensaram muito no problema e chegaram à conclusão de que Doc estava sempre querendo gatos e tinha alguma dificuldade em consegui-los. Assim, tomaram emprestada uma fêmea no cio e prepararam a armadilha sob o cipreste, no alto do terreno baldio. No canto do Palace, construíram uma gaiola grande de arame. E a coleção de gatos furiosos foi aumentando a cada noite. Jones tinha de fazer duas viagens por dia às fábricas de sardinhas a fim de arrumar cabeças de peixe para alimentar os gatos. Mack decidiu sabiamente que 25 gatos seriam um ótimo presente para Doc.

– Nada de decoração desta vez – decidiu Mack também. – Apenas uma boa festa, com muita bebida.

Gay soube da festa na cadeia de Salinas e fez um acordo com o xerife para deixá-lo sair naquela noite, além de tomar dois dólares emprestados, para a viagem de ônibus, ida e volta. Gay se mostrara extremamente prestativo com o xerife, que não era homem de esquecer tais coisas, especialmente quando a eleição se aproximava. E Gay podia, ou dizia que podia, influenciar muitos votos. Além do mais, Gay podia dar uma péssima reputação à cadeia de Salinas, se assim o desejasse.

Henri chegara subitamente à conclusão de que a alfineteira antiquada era uma forma de arte que florescera e alcançara seu auge ao final do século anterior, sendo desde então negligenciada. Ele ressuscitou a arte e ficou deliciado ao descobrir o que se podia fazer com alfinetes de cabeças coloridas. A imagem jamais era rematada, pois sempre se podia mudá-la com uma nova arrumação dos alfinetes. Estava preparando um conjunto de alfineteiras para uma exposição quando soube da festa e no mesmo instante abandonou o próprio trabalho, pondo-se a elaborar uma alfineteira gigante para Doc. Teria um padrão intrincado e provocante, com alfinetes verdes, amarelos e azuis, cores frias, o título seria "Memória Pré-Cambriana".

Um amigo de Henri, Eric, um erudito barbeiro que colecionava as primeiras edições de autores que nunca haviam tido uma segunda edição nem escrito um segundo livro, decidiu dar de presente a Doc uma máquina de remar que obtivera no processo de falência de um cliente que passara três anos sem pagar a conta da barbearia. A máquina de remar estava em excelente estado. Fora pouco usada. Afinal, ninguém costuma usar uma máquina de remar.

A conspiração foi se ampliando e houve intermináveis visitas e discussões sobre presentes, bebidas, o momento de começar a festa, os cuidados para evitar que Doc descobrisse alguma coisa.

Doc não sabia de nada ao perceber pela primeira vez que estava acontecendo alguma coisa que o envolvia. Na mercearia de Lee Chong, a conversa sempre cessava abruptamente quando ele entrava. A princípio, teve a impressão de que as pessoas estavam tratando-o friamente. Depois que pelo menos meia dúzia de pessoas perguntaram o que iria fazer na noite de 27 de outubro, Doc ficou aturdido, pois esquecera inteiramente que informara ser essa a data de seu aniversário. Até que se interessara pelo horóscopo de sua data natalícia falsa, mas Mack nunca mais tornara a mencionar o assunto e Doc acabara esquecendo.

Uma noite, ele passou pela Halfway House, que tinha um chope do seu agrado e sempre servido na temperatura certa. Doc tomou o primeiro copo e depois se acomodou para saborear o segundo. Foi nesse momento que ouviu um bêbado perguntar ao garçom:

– Você vai à festa?
– Que festa?
– Não conhece o Doc, lá de Cannery Row?

O garçom olhou para um lado e outro e depois voltou a se concentrar no bêbado, que acrescentou:

– Eles vão dar uma festa sensacional no aniversário dele.
– Eles quem?
– Todo mundo.

Doc ficou matutando a respeito. Nem mesmo conhecia o bêbado...

A reação dele nada teve de simples. Experimentou uma profunda satisfação por saber que queriam oferecer-lhe uma festa. Ao mesmo tempo; estremeceu interiormente, ao recordar as consequências da última festa.

Agora, tudo se ajustava em seu lugar, a pergunta de Mack e os silêncios súbitos quando ele aparecia. Naquela noite, sentado ao lado da escrivaninha, Doc pensou muito a respeito. Olhou ao redor, pensando nas coisas que teriam de ser guardadas. Sabia que a festa inevitavelmente lhe sairia muito cara.

Começou a fazer os seus próprios preparativos para a festa no dia seguinte. Pegou os melhores discos e levou-os para a sala dos fundos, onde ficariam trancados. Levou também para lá todos os equipamentos que podiam ser quebrados. Sabia o que iria acontecer: os convidados estariam famintos e não trariam nada para comer. A bebida acabaria cedo, como sempre acontecia. Um tanto desolado, Doc foi ao Mercado da Economia, onde havia um açougueiro ótimo e compreensivo. Conversaram sobre carne por algum tempo. Doc acabou encomendando oito quilos de bife, cinco quilos de tomate, 12 pés de alface, pão, um vidro grande de manteiga de amendoim e outro de geleia de morango, cinco galões de vinho e quatro garrafas de um litro de um uísque bom e forte, mas indefinido. Sabia que teria problemas no banco ao final do mês. Três ou quatro festas assim, pensou Doc, e acabaria perdendo o laboratório.

Enquanto isso, na Cannery Row, o planejamento alcançava um crescendo. Doc estava certo, ninguém pensava em comida. Mas por toda parte estavam providenciando garrafas de bebida de todos os tamanhos. A coleção de presentes aumentava incessantemente. A lista de convidados, se é que houvera alguma, era quase como um censo. No Bear Flag travava-se uma discussão interminável sobre o que vestir para a festa. Já que não estariam trabalhando, as garotas não queriam usar os vestidos compridos e vistosos que eram seus uniformes. Decidiram usar roupas comuns, de andar na rua. Mas a coisa não era assim tão simples. Dora decidiu que uma equipe mínima deveria permanecer de plantão no estabelecimento, a fim de atender aos fregueses regulares. As garotas resolveram se dividir em turnos, algumas permanecendo no plantão, até serem substituídas pelas outras. Tiveram de tirar a sorte para determinar quem iria primeiro à festa. As primeiras veriam a cara de Doc quando lhe entregassem a linda colcha. A colcha estava na sala de jantar, quase pronta. A Sra. Malloy abandonara por algum tempo a sua própria colcha. Estava tricotando seis paninhos para os copos de cerveja de Doc. O excitamento inicial de Cannery Row já se dissipara e seu lugar fora ocupado por uma ansiedade cumulativa. Havia agora 15 gatos numa gaiola no Palace e seus miados deixavam Darling nervosa à noite.

28

Mais cedo ou mais tarde, Frankie teria de tomar conhecimento da festa. Pois Frankie pairava por toda parte como uma pequena nuvem. Estava sempre à margem de grupos. Ninguém o notava ou lhe dava qualquer atenção. Não se podia determinar se ele estava ou não escutando. Mas Frankie ouviu falar da festa e dos presentes. Foi dominado por uma sensação de plenitude, por uma ansiedade incontrolável.

Na vitrine da Joalheria Jacob estava a coisa mais linda do mundo. Lá estava havia bastante tempo. Era um relógio de ônix preto, com um mostrador dourado. Mas a coisa realmente deslumbrante estava por cima: um conjunto de bronze, São Jorge matando o dragão. O dragão estava caído de costas, as garras no ar, tendo no peito a lança de São Jorge. O santo estava de armadura, o visor levantado, montando num cavalo gordo, de ancas enormes. Com a lança, ele espetava o dragão no chão. O mais maravilhoso, no entanto, era o fato de São Jorge ter uma barba pontuda e parecer um pouco com Doc.

Frankie ia à Alvarado Street várias vezes por semana, parava diante da vitrine e ficava contemplando aquela beleza extraordinária. E também sonhava com ela, sonhava em passar os dedos pelo bronze deslumbrante. Já conhecia a peça havia meses quando ouviu falar da festa e dos presentes.

Frankie ficou parado na calçada durante uma hora, antes de entrar na loja.

– O que está querendo aqui? – indagou o Sr. Jacob.

Ele analisara Frankie devidamente antes que o garoto entrasse na joalheria e sabia que não podia ter mais de 75 *cents*.

– Quanto custa? – perguntou Frankie, a voz rouca.
– O quê?
– Aquilo.
– Está falando do relógio? Custa 50 dólares... com o conjunto, 75 dólares.

Frankie saiu sem dizer nada. Desceu até a praia, meteu-se debaixo de um barco a remo emborcado e ficou olhando para as ondas suaves. A beleza de bronze era tão forte em sua cabeça que parecia estar à sua frente. E um sentimento desesperado dominou-o. Tinha de se apoderar daquela beleza. Seus olhos assumiram uma expressão determinada quando pensou nisso.

Ele passou o dia inteiro debaixo do barco. Saiu à noite e voltou à Alvarado Street. Enquanto as pessoas entravam e saíam do cinema e do Golden Poppy, Frankie ficou andando de um lado para outro do quarteirão. E não cansou nem sentiu sono, porque a maravilha ardia dentro dele como fogo.

Finalmente as pessoas foram rareando e gradativamente desapareceram das ruas. Os carros estacionados se afastaram, o quarteirão se acomodou para dormir.

Um guarda olhou atentamente para Frankie e perguntou:
– O que está fazendo aqui?

Frankie virou-se bruscamente e saiu correndo, passando pela esquina e indo esconder-se atrás de um barril no beco. Às 2h30 da madrugada, voltou furtivamente até a porta da joalheria e experimentou a maçaneta. A porta estava trancada. Frankie retornou ao beco sentou atrás do barril, ficou pensando. Viu um pedaço de concreto quebrado ao lado do barril e pegou-o.

O guarda relatou que ouviu o barulho e correu em sua direção. A vitrine da joalheria estava quebrada. Avistou o prisioneiro caminhando rapidamente e saiu em sua perseguição. Não entendia como o garoto foi capaz de correr tão longe e tão depressa carregando mais de vinte quilos de relógio e bronze. O prisioneiro quase havia escapado. Se não tivesse entrado num beco sem saída, certamente teria escapado.

O chefe telefonou para Doc no dia seguinte.

– Pode vir até aqui, por favor? Preciso lhe falar. Trouxeram Frankie, desgrenhado, sujo. — Os olhos estavam vermelhos, mas a boca se mostrava firme e ele até exibiu um sorriso de boas-vindas ao deparar com Doc.

– Qual é o problema, Frankie? – indagou Doc.

– Ele arrombou a Joalheria Jacob na noite passada – informou-lhe o chefe. – E roubou alguma coisa. Entramos em contato com a mãe dele. Ela diz que não tem culpa nenhuma, porque o garoto passa o tempo todo no seu laboratório.

– Não devia ter feito isso, Frankie – murmurou Doc, sentindo em seu coração a pedra terrivelmente pesada da inevitabilidade. Virando-se para o chefe, ele acrescentou: – Não pode soltá-lo sob liberdade condicional?

– Não creio que o juiz concorde. Recebemos um relatório mental. Sabe o que está errado com ele?

– Sei, sim.

– E sabe o que provavelmente vai acontecer quando ele entrar na puberdade?

– Sei, sim.

E a pedra pesou ainda mais terrivelmente no coração de Doc.

– O médico acha que é melhor interná-lo. Não podíamos fazê-lo antes, mas agora ele cometeu uma transgressão e estou convencido de que é mesmo o melhor.

Escutando a conversa, o brilho de boas-vindas desapareceu dos olhos de Frankie.

– O que ele pegou? – indagou Doc.

– Um relógio grande e uma estátua de bronze.

– Pagarei os prejuízos.

– Já recuperamos o que foi roubado. E não creio que o juiz aceite isso como reparação. Vai acontecer outra vez e sabe disso perfeitamente.

– Sei, sim. Mas talvez ele tivesse algum motivo. Frankie, por que fez isso?

Frankie fitou-o em silêncio por um longo tempo, antes de dizer:

– Eu te amo.

Doc saiu quase correndo, pegou o seu carro e foi recolher espécimes nas cavernas abaixo de Point Lobos.

29

Eram 16 horas da tarde de 27 de outubro quando Doc terminou de engarrafar a última de uma remessa de águas-vivas. Lavou o recipiente de formol, limpou o fórceps, tirou as luvas de borracha e pôs talco nelas. Subiu, alimentou os ratos, guardou alguns dos seus melhores discos e microscópios na sala dos fundos, trancando-a em seguida. Havia ocasiões em que um convidado mais afoito se metia a brincar com as cascavéis. Tomando precauções meticulosas, procurando prever todas as possibilidades, Doc esperava tornar aquela festa a menos letal possível, sem por isso fazê-la insípida.

Preparou um café, pôs a "Grande fuga" para tocar no fonógrafo e foi tomar um banho de chuveiro. Foi bastante rápido e já estava metido em roupas limpas e tomando um café antes que a música terminasse.

Olhou pela janela, para o terreno baldio e para o Palace, mas não avistou qualquer movimento. Doc não sabia quem ou quantas pessoas viriam à sua festa. Mas sabia que estava sendo observado. Estivera consciente disso durante o dia inteiro. Não que tivesse visto qualquer pessoa, mas não podia haver a menor dúvida de que alguém ou várias pessoas haviam-no mantido sempre à vista. Portanto era uma festa surpresa. E ele deveria manifestar surpresa. Seguiria a sua rotina habitual, como se nada estivesse acontecendo. Foi até a mercearia de Lee Chong para comprar cerveja. Parecia haver na loja um excitamento oriental reprimido. O que significava que eles também iriam à festa. Doc voltou ao laboratório e serviu-se de cerveja. Tomou o primeiro copo para matar a sede e o segundo para saborear. O terreno baldio e a rua ainda estavam desertos.

Mack e os rapazes estavam no Palace, com a porta fechada. O fogão passara a tarde inteira aceso, esquentando água para banhos. Até mesmo Darling tomara banho e tinha agora uma fita vermelha no pescoço.

– A que horas devemos ir? – perguntou Hazel.

– Acho que não devemos chegar antes das oito horas – respondeu Mack. – Mas não vejo motivo para não tomarmos um trago rápido, só para esquentar.

– E Doc não poderia se esquentar também? – indagou Hughie. – Talvez eu devesse levar uma garrafa para ele, como se não estivesse acontecendo nada.

– Não precisa – assegurou Mack. – Doc acaba de ir ao Lee para comprar cerveja.

– Acha que ele desconfia de alguma coisa? – perguntou Jones.

– Como poderia desconfiar?

No canto, na gaiola cheia de gatos, dois bichos iniciaram uma briga, todos os demais comentando, com miados e costas arqueadas. Havia apenas 21 gatos. Haviam ficado aquém do objetivo.

– Como vamos levar os gatos até lá? – disse Hazel.

– Não dá para a gente passar com essa gaiola pela porta.

– Não vamos levar – disse Mack. – Lembre-se do que aconteceu com as rãs. Vamos apenas dizer ao Doc que temos os gatos. Ele poderá vir buscá-los.

Mack levantou e foi abrir um dos cântaros providenciados por Eddie.

– Vamos nos esquentar um pouco.

Eram 5h30 quando o velho chinês apareceu, passando pelo Palace. Atravessou o terreno baldio, cruzou a rua e desapareceu entre o Laboratório Biológico Ocidental e a Hediondo.

No Bear Flag, as garotas estavam se aprontando. Os turnos de plantão no estabelecimento haviam sido escolhidos por sorteio. As que ficariam seriam substituídas de hora em hora.

Dora estava sensacional. Os cabelos recentemente tingidos de laranja estavam empilhados em cachos no alto da cabeça. Ela usava a aliança de casamento e um imenso broche de diamantes entre os seios. O vestido era branco, de seda, com um estampado preto imitando bambu.

Nos quartos, estava em prática o inverso do procedimento normal. As que ficariam no estabelecimento usavam vestidos compridos, enquanto as outras estavam com vestidos curtos estampados, parecendo muito bonitas. A colcha, já acabada, estava numa caixa grande de papelão, no bar. O leão de chácara resmungava a todo instante, pois fora decidido que não poderia ir à festa. Alguém precisava ficar cuidando do estabelecimento. Desrespeitando as ordens expressas, cada garota escondera uma garrafa e esperava o sinal para começar a se esquentar para a festa.

Dora seguiu majestosamente para o seu escritório e fechou a porta. Abriu o tampo da escrivaninha, tirou uma garrafa e um copo, serviu-se de um trago. A garrafa retiniu suavemente. Uma garota, escutando do outro lado da porta, ouviu o ruído e espalhou a notícia. Dora não teria mais condições de sentir os bafos. E as garotas correram para os seus quartos e suas garrafas. O crepúsculo chegou a Cannery Row, aquele momento cinzento entre a luz do dia e a luz dos lampiões. Phyllis Mae deu uma olhada por entre as cortinas da sala da frente.

– Pode vê-lo? – indagou Dora.

– Posso, sim. As luzes estão acesas. Ele está sentado na sala, como se estivesse lendo. Puxa, como o Doc lê! Desse jeito, não pode deixar de estragar os olhos. E ele tem um copo de cerveja na mão.

– Acho que seria bom a gente tomar um pequeno trago – sugeriu Doris.

Phyllis Mae ainda coxeava um pouco, mas estava tão boa quanto nova. Dizia que podia aguentar todos os homens do Conselho Municipal um atrás do outro.

– Parece que vai ser divertido – comentou ela. – Lá está o Doc, sentado, lendo, sem ter a menor ideia do que vai acontecer.

– Ele nunca vem aqui para se distrair – murmurou Doris, com uma ponta de tristeza.

– Muitos homens não querem pagar – disse Phyllis Mae. – Custa mais do outro jeito, mas acham que é diferente.

– Talvez ele goste delas.

– Elas quem?

– As garotas que vão até lá.

– Ah, sim... é possível. Já estive lá. E o Doc não tentou qualquer coisa.

– Ele jamais faria isso – disse Doris. – Mas isso não significa que, se não trabalhasse aqui, não teria que lutar para conseguir escapar.

– Está querendo dizer que ele não gosta da nossa profissão?

– Claro que não. Doc provavelmente imagina que uma garota que está trabalhando tem uma atitude diferente.

Tomaram outro trago.

Em seu gabinete, Dora serviu-se de mais um trago, engoliu tudo de um só gole, tornou a trancar a escrivaninha. Arrumou os cabelos impecáveis no espelho da parede, inspecionou as unhas vermelhas e saiu para o bar. Alfred, o leão de chácara, estava mal-humorado. Não que dissesse alguma coisa ou exibisse uma expressão contrariada, mas podia-se sentir que estava mal-humorado.

Dora, fitou-o friamente e disse:

– Acha por acaso que está levando a pior?

– Claro que não. Está tudo bem.

Foi o bastante para fazer Dora se exaltar.

– Tudo bem, hein? Não se esqueça de que tem um emprego, senhor. Vai querer ficar ou prefere ir embora?

– Está tudo bem, Dora. Não vou criar nenhum caso. – Alfred pôs os cotovelos em cima do balcão e contemplou-se no espelho. – Pode ir e divertir-se. Tomarei conta de tudo aqui. Não precisa se preocupar.

Dora derreteu-se diante da angústia dele.

– Não gosto que o estabelecimento fique sem a presença de um homem, Alfred. Algum bêbado pode querer bancar o esperto e as garotas não teriam condições de dominá-lo. Mais tarde, porém, você pode dar um pulo até a festa e ficar vigiando pela janela. Que acha disso? Poderia ver se acontecesse alguma coisa por aqui.

– Eu bem que gostaria de ir à festa. – Alfred se abrandou com a permissão. – E posso dar um pulo até lá, por um ou dois minutos. Ontem à noite apareceu por aqui um bêbado querendo armar confusão. E quer saber de uma coisa, Dora? Acho que perdi o controle desde que arrebentei aquele sujeito. Já não estou mais seguro de mim mesmo. Qualquer noite dessas vou acertar um camarada de mau jeito.

– Está precisando descansar, Alfred. Talvez Mack concorde em ficar no seu lugar por algum tempo, a fim de que você possa tirar duas semanas de folga.

Dora era realmente uma madame maravilhosa.

No laboratório, Doc tomou um uísque, depois da cerveja. Estava se sentindo um pouco alegre. Parecia-lhe uma coisa maravilhosa o fato de quererem dar uma festa em sua homenagem. Tocou a "Pavana para uma princesa morta" e sentiu-se sentimental, um pouco triste. E porque estava se sentindo assim pôs no fonógrafo "Daphnis e Chloé". Havia um trecho que o fazia recordar-se de algo mais. Os observadores em Atenas, olhando para Maratona, informaram terem avistado uma grande linha de poeira cruzando a planície, ouvindo em seguida o entrechocar das armas e o Canto Eleusino. Havia um trecho da música que o fazia recordar essa cena.

Depois que a música acabou, Doc tomou outro uísque e ficou indeciso por um momento, sem saber se deveria ou não tocar um "Brandenburgo". Isso o arrancaria daquele ânimo suave e sentimental em que estava mergulhando. Mas o que havia de errado com o ânimo suave e sentimental? Era até agradável.

– Posso tocar qualquer coisa que eu quiser – declarou Doc, em voz alta. – Posso tocar "Clair de Lune" ou a "Virgem dos cabelos dourados". Sou um homem livre.

Ele serviu-se de mais uísque e tomou-o. E optou por um meio-termo, com "Sonata ao Luar". Podia ver o letreiro em néon de La Ida apagando e acendendo. E depois o lampião diante do Bear Flag acender-se.

Um esquadrão de imensos besouros marrons arremessou-se contra a luz e depois tombou ao solo. Os besouros mexeram as pernas, sentindo ao redor com as antenas. Uma gata solitária esgueirou-se pela sarjeta, à procura de aventura. Tentava imaginar o que acontecera com os gatos machos da cidade, que tornavam a vida interessante e as noites horríveis.

O Sr. Malloy, de quatro, espiou pela porta da caldeira, a fim de verificar se alguém já aparecera na festa. No Palace, os rapazes estavam sentados, irrequietos, olhando fixamente para os ponteiros do despertador.

30

A natureza das festas tem sido imperfeitamente estudada. Contudo, de um modo geral compreende-se que uma festa possui uma patologia, que é mais ou menos individual e pode se tornar incontrolável. E também se aceita o fato de que, de um modo geral, uma festa dificilmente envereda pelo caminho planejado ou pretendido. É claro que não estamos nos referindo a essas lúgubres festas escravizadas, controladas e dominadas com mão de ferro, oferecidas por anfitriãs profissionais que mais se assemelham a ogras. No fundo, não se tratam de festas, mas sim de atos e demonstrações, tão espontâneos como a peristalse e tão interessantes quanto o seu produto final.

Provavelmente todos em Cannery Row haviam projetado na imaginação como a festa transcorreria, os gritos de saudação, os parabéns, o barulho, o clima agradável. E não foi absolutamente assim que começou. Às 20 horas, pontualmente, Mack e os rapazes, penteados, limpos, pegaram os cântaros e deixaram o Palace, desceram pelo caminho, passaram pelos trilhos, atravessaram o terreno baldio e a rua, subiram os degraus do Laboratório Biológico. Todos estavam constrangidos. Doc abriu a porta e Mack fez um pequeno discurso:

– Sendo o seu aniversário, os rapazes e eu achamos que devíamos lhe dar os parabéns e providenciamos 21 gatos como presente.

Ele não disse mais nada, ficou parado na escada, totalmente embaraçado.

– Entrem – disse Doc. – Ora... eu... eu estou surpreso. Nem mesmo sabia que sabiam que era meu aniversário.

— São todos gatos machos — disse Hazel. — Mas achamos melhor não os trazermos.

Sentaram-se formalmente na sala à esquerda. Houve um longo silêncio, finalmente rompido por Doc:

— Agora que estão aqui, não gostariam de tomar um trago?

— Trouxemos a bebida — disse Mack, indicando os três cântaros que Eddie acumulara.

— E não tem cerveja — acrescentou Eddie.

Doc dissipou a sua relutância do início da noite e declarou, categórico:

— Não. Vocês têm de beber comigo. Acontece que tenho algum uísque de reserva.

Estavam todos sentados formalmente, tomando uísque delicadamente, quando Dora e as garotas entraram. Deram a colcha de presente. Doc estendeu-a sobre a cama e era linda. E elas também aceitaram um uísque. O senhor e a senhora Malloy chegaram em seguida, com seus presentes.

— Muita gente não tem ideia do quanto essas coisas vão valer — declarou Sam Malloy, ao entregar a biela do Chalmers 1916. — Provavelmente não existem três iguais no mundo inteiro.

E agora as pessoas começaram a chegar aos bandos. Henri apareceu com sua alfineteira, que media 80 centímetros por 1,20 metro. Ele quis fazer um discurso sobre a sua nova forma de arte, mas a esta altura a formalidade se quebrara. O senhor e a senhora Gay chegaram. Lee Chong presenteou Doc com a fieira de fogos de artifício e os bulbos de lírio chinês. Alguém comeu os bulbos por volta das 11 horas, mas os fogos de artifício duraram mais algum tempo. Um grupo relativamente estranho veio do La Ida. Em pouco tempo, a festa perdia rigidez. Dora sentou numa espécie de trono, os cabelos alaranjados parecendo flamejar. Segurava elegantemente um copo de uísque, o dedo mínimo esticado. E estava de olho nas garotas, cuidando para que se comportassem de maneira apropriada.

Doc pôs música de dança no fonógrafo e foi para a cozinha, começando a fritar os bifes.

A primeira briga não foi das piores. Um homem do grupo procedente do La Ida fez uma proposta imoral a uma das garotas de Dora. Ela protestou e Mack e os rapazes, indignados com essa quebra de decoro, expulsaram-no prontamente, sem quebrar coisa alguma. Sentiram-se muito bem, por saberem que estavam contribuindo.

Na cozinha, Doc fritava os bifes em três frigideiras. Cortou os tomates e fez uma pilha de fatias de pão. Estava se sentindo muito bem. Mack tomava conta do fonógrafo, pessoalmente. Descobrira um álbum de Benny Goodman. A dança começara, a festa ia adquirindo força e vigor. Eddie entrou no escritório e fez um sapateado. Doc levara uma garrafa de uísque para a cozinha e bebeu pelo gargalo. Sentia-se cada vez melhor. Todos ficaram surpresos quando ele serviu a carne. Ninguém estava realmente com fome, mas comeram tudo rapidamente. A comida lançou a festa a um clima de tristeza digestiva. O uísque acabou e Doc trouxe os galões de vinho.

Dora, sentada em seu trono, disse:

– Doc, toque um pouco da sua linda música. Fico cansada daquela vitrola automática lá em casa.

Doc tocou "Ardo" e o "Amor", de um álbum de Monteverdi. E os convidados ficaram muito quietos, olhando para dentro. Dora irradiava beleza. Dois recém-chegados subiram a escada silenciosamente e entraram rápido. Doc estava sentindo uma imensa e agradável tristeza. Os convidados continuaram calados mesmo depois que a música cessou. Doc pegou um livro e começou a ler, a voz profunda e clara:

Mesmo agora
Se vejo em minha alma a bela de seios de cidra
Ainda de ouro tingida, o rosto como as estrelas da noite,
Envolvendo-a; o corpo abatido pela chama,

Ferido pela lança flamejante do amor,
A primeira entre todas, por seus viçosos anos,
Então meu coração se enterra vivo na neve.

Mesmo agora
Se minha jovem de olhos de lótus volta a mim,
Extenuada ao peso tão querido do amor juvenil,
Outra vez eu lhe daria estes braços gêmeos, de amor famintos,
E de seus lábios beberia o vinho inebriante,
Como uma abelha a zumbir e flutuar
A roubar o mel do nenúfar.

Mesmo agora
Se deitada a visse, os olhos bem abertos,
As faces pálidas a brilharem,
Se prolongando às orelhas delicadas,
Sofrendo a febre da minha distância,
Então meu amor seria cordas de flores e noite
Uma amante de negros cabelos no seio do dia.

Mesmo agora
Meus olhos que se apressam para não mais ver, estão
pintando, pintando sempre,
Os rostos de minha jovem perdida. Ó anéis dourados,
Que se esbatem contra as faces de pequenas folhas de
magnólia,
Ó tão alvo e tão macio pergaminho
Em que meus pobres lábios escreveram
Os mais lindos poemas de beijos
E não mais vão escrever.

Mesmo agora
A mente me envia o adejar de pálpebras
Sobre olhos desvairados e a compaixão do corpo esguio

Abatido pela exaustão da alegria;
As vermelhas flores dos seios foram o meu conforto
E abrigo e com pesar recordo
Úmidos lábios carmins que já foram meus.

Mesmo agora
Clamam de sua fraqueza nos bazares
De quem tão forte foi para me amar. E mesquinhos homens
Que compram e vendem por prata e são escravos
Os olhos se enrugando na gordura; e nunca houve
Um Príncipe das Cidades do Mar que a arrebatasse
E a levasse para sombrio leito. Ah, minha jovem solitária,
Que a mim se aderiu como um traje adere; meu amor.

Mesmo agora
Ainda amo os pretos olhos que afagam como seda,
Sempre e para sempre tristes, olhos sorridentes,
As pálpebras projetando tão suave sombra quando fecham
E outra linda expressão que se forma.
Amo os lábios viçosos, ah, a boca perfumada,
E cabelos ondulados, sutis como fumaça,
E dedos leves e riso que transborda em gemas verdes.

Mesmo agora
Ainda lembro que me fez reagir suavemente,
Sendo uma só alma, sua mão em meus cabelos,
A memória ardente a rodar seus lábios próximos;
Vi a sacerdotisa de Rati fazer amor ao luar
E depois no salão forrado pelo dourado brilho do lampião
Deitar indiferente para dormir, em qualquer lugar.*

Cravos Negros, um poema sânscrito, traduzido por E. Powys Matheis. (*N. do E.*)

Phyllis Mae estava chorando abertamente quando Doc parou de ler. A própria Dora enxugou os olhos. Hazel ficara tão arrebatado pelo som das palavras que não prestara qualquer atenção ao significado. Um pequeno mundo de tristeza os envolvera. Todos estavam lembrando um amor perdido, um chamado antigo.

Mack murmurou:

– Puxa, como isso é bonito! Faz-me lembrar de uma dama...

E mais não disse. Encheram os copos com vinho e ficaram quietos. A festa estava agora mergulhando numa tristeza suave. Eddie foi até o escritório, sapateou um pouco, voltou ao seu lugar e sentou. A festa estava prestes a declinar e adormecer quando soou um tropel de passos na escada. E uma voz forte berrou:

– Onde estão as mulheres?

Mack levantou, quase feliz, foi rapidamente até a porta. Um sorriso de alegria iluminou os rostos de Hughie e Jones. Mack indagou suavemente:

– De que mulheres estão falando?

– Isto não é um bordel? O motorista do táxi disse que havia um bordel por aqui.

– Cometeu um erro, senhor.

O tom de Mack era quase jovial.

– E o que essas mulheres estão fazendo aqui?

E a batalha começou. Eram tripulantes de um barco de pesca de atum de San Pedro, homens duros, alegres, sempre ansiosos por uma boa briga. Com o primeiro ímpeto, irromperam festa adentro. Cada garota de Dora tirou um sapato e empunhou-o pela ponta. Enquanto o combate se desenrolava, volta e meia acertavam na cabeça de um homem com a ponta do salto. Dora correu para a cozinha e voltou, um verdadeiro tufão, empunhando um moedor de carne. Até mesmo Doc estava feliz. E golpeava a torto e a direito com a biela do Chalmers 1916.

Foi uma boa briga. Hazel tropeçou e levou dois chutes na cara antes de conseguir ficar de pé outra vez. Acuados num canto, os pescadores defenderam-se ferozmente com livros pesados que pegavam nas prateleiras. Mas, pouco a pouco, foram sendo rechaçados. As duas janelas da frente foram quebradas. Subitamente, Alfred, que ouvira o estardalhaço do outro lado da rua, atacou pela retaguarda, com sua arma predileta, um pequeno bastão. A batalha passou a se travar pelos degraus, desceu à rua, chegou ao terreno baldio. A porta da frente estava novamente torta, presa apenas por uma dobradiça. A camisa de Doc estava rasgada e sangue escorria de um arranhão no ombro. O inimigo estava sendo rechaçado para o meio do terreno baldio quando soaram as sirenes. Os participantes da festa de aniversário de Doc mal tiveram tempo de retornar ao laboratório, endireitar a porta quebrada e apagar as luzes, antes que o carro da polícia aparecesse. Os guardas nada encontraram. Mas os membros da festa estavam sentados no escuro, soltando risadinhas abafadas e tomando vinho. Chegou o momento da mudança de turno no Bear Flag. O novo contingente irrompeu na festa a pleno vapor. E a festa pegou fogo. Os guardas voltaram, deram uma olhada, estalaram as línguas e se juntaram à festa. Mack e os rapazes tomaram emprestado o carro da polícia e foram a Jimmy Brucia buscar mais vinho. E Jimmy decidiu vir com eles. Podia-se ouvir o estardalhaço da festa de uma extremidade a outra da Cannery Row. A festa apresentava as melhores qualidades de um motim e uma noite nas barricadas. A tripulação do barco pesqueiro de San Pedro retornou humildemente e juntou-se à festa. Foram abraçados e admirados. Uma mulher, a cinco quarteirões de distância, telefonou para a polícia a fim de se queixar, mas de nada adiantou. Os guardas comunicaram que seu carro fora roubado e só foram encontrá-lo mais tarde, abandonado na praia. Doc, sentado na mesa, de pernas cruzadas, sorria incessantemente e batia com os dedos no joelho, gentilmente. Mack e Phyllis Mae rolavam pelo chão, engalfinhados numa exibição de luta indígena. E a brisa fresca da baía entrava pelas janelas quebradas. E foi nesse momento que alguém acendeu a fieira de 8 metros de fogos de artifício.

31

Um geômis adulto fixou residência numa moita de malva no terreno baldio da Cannery Row. Era um lugar perfeito. A moita verde e exuberante era alta e densa, os frutos maduros pendendo sedutoramente. A terra era perfeita para um buraco de geômis, preta e macia, ao mesmo tempo com um pouco de argila para que não desmoronasse e os túneis aguentassem. O geômis era gordo e lustroso, tinha sempre bastante alimento guardado nas bolsas das bochechas. As orelhas pequenas eram limpas e bem ajustadas, os olhos eram muito pretos e pequenos. As patas para escavar eram fortes e o pelo castanho no dorso era lustroso, o pelo fulvo no peito extraordinariamente macio. Os dentes eram grandes, curvos e amarelados, a cauda era curta. No conjunto, era um belo geômis e estava em pleno vigor da vida.

Chegou ao seu lugar no terreno baldio e descobriu que era bom, começou a escavar sua toca numa pequena elevação entre as malvas, de onde podia avistar os caminhões que passavam pela Cannery Row. Podia também observar os pés de Mack e dos rapazes passando pelo terreno, a caminho do Palace. Ao escavar ainda mais a terra preta como carvão, o geômis descobriu que era mais perfeita do que imaginava, pois havia pedras grandes sob a superfície. Fez a câmara grande para guardar comida debaixo de uma pedra, de forma que jamais desmoronasse, não importando o quanto chovesse. Era um lugar em que podia se fixar e criar muitas famílias, a toca crescendo em todas as direções.

Era muito bonito ao amanhecer, quando se colocava a cabeça para fora da toca pela primeira vez. Uma claridade esverdeada filtrava-se pelas malvas e os primeiros raios do sol nascente incidiam sobre o buraco, esquentando-o. O geômis ficava parado ali, muito contente e confortável.

Depois de escavar a toca, o depósito e as quatro saídas de emergência, o geômis começou a estocar comida. Cortava apenas as hastes perfeitas de malva, aparando no comprimento exato que precisava e guardando no depósito, dispondo de maneira que não fermentassem nem azedassem. Encontrara o lugar perfeito para viver. Não havia jardins nas proximidades e assim ninguém pensaria em pôr armadilhas para apanhá-lo. Havia gatos, é verdade. Eram muitos. Mas estavam tão gordos das cabeças e entranhas de peixe que as fábricas jogavam fora que há muito haviam desistido de caçar. O solo era arenoso o bastante para que a água nunca acumulasse na superfície ou enchesse um buraco por tempo demais. O geômis trabalhou e trabalhou, até que o depósito ficou abarrotado de comida. Depois, escavou as pequenas câmaras laterais para os filhotes que nelas iriam habitar. Dentro de alguns anos, poderia haver milhares de sua prole, espalhando-se a partir da toca inicial.

Mas o geômis foi ficando impaciente à medida que o tempo passava, pois nenhuma fêmea aparecia. Ficava sentado à entrada de seu buraco pela manhã e emitia guinchos penetrantes, inaudíveis aos ouvidos humanos, mas que podiam ser ouvidos no fundo da terra por outros geômis. E mesmo assim nenhuma fêmea aparecia. Finalmente, num arroubo de impaciência, ele atravessou os trilhos, até encontrar outro buraco de geômis. Guinchou provocantemente à entrada. Ouviu um barulho e sentiu o cheiro de fêmea. Um momento depois, emergiu do buraco um velho geômis, que o atacou e mordeu terrivelmente. O geômis voltou para sua toca e lá ficou por três dias, recuperando-se. Na luta, perdera dois dedos de uma pata dianteira.

Esperou novamente, voltou a guinchar à entrada de sua linda toca. Mas nenhuma fêmea jamais apareceu e depois de algum tempo ele decidiu ir embora. Mudou-se para um local dois quarteirões encosta acima, instalando-se num jardim de dálias onde colocavam armadilhas todas as noites.

32

Doc despertou lentamente, desajeitadamente, como um homem gordo saindo de uma piscina. A mente aflorou à superfície e recaiu por diversas vezes. Havia manchas de batom em sua barba. Abriu um olho, avistou as cores intensas da colcha, tornou a fechá-lo rapidamente. Depois de algum tempo, voltou a olhar. O olho passou pela colcha e fixou-se no chão, contemplando o prato quebrado no canto, os copos em cima da mesa virada, o vinho derramado e os livros espalhados, abertos como borboletas. Havia por toda parte pedacinhos de papel vermelho enroscados e o cheiro forte de fogos de artifício. Doc olhou pela porta da cozinha e avistou os pratos sujos empilhados, as frigideiras cheias de gordura esbranquiçada. Centenas de pontas de cigarro haviam sido apagadas no chão. E sob o cheiro mais forte de fogos de artifício, havia uma combinação de vinho, uísque e perfume. O olhar de Doc deteve-se por um momento numa pequena pilha de grampos no chão.

Rolou de lado lentamente e, soerguendo-se num cotovelo, olhou pela janela quebrada. Cannery Row estava quieta e ensolarada. A porta da caldeira estava aberta. A porta do Palace estava fechada. Um homem dormia serenamente no terreno baldio, entre o mato. O Bear Flag estava fechado.

Doc levantou e foi à cozinha, acendendo o aquecedor a gás da água, a caminho do banheiro. Depois voltou, sentou na beira da cama, juntou os pés, enquanto contemplava os destroços da festa. Podia ouvir os sinos da igreja repicando no alto da colina. Assim que a água esquentou, foi novamente ao banheiro, tomou um banho de chuveiro, vestiu um jeans e uma camisa de flanela.

Lee Chong estava fechado, mas abriu a porta assim que viu quem estava lá fora. Foi ao refrigerador e pegou uma garrafa grande de cerveja, sem que lhe fosse pedido. Doc pagou.

– Bom tempo, hein? – disse Lee, os olhos castanhos brilhando em suas bolsas.

– Bom tempo! – exclamou Doc.

Ele voltou ao laboratório com a cerveja gelada. Fez um sanduíche de manteiga de amendoim para comer com a cerveja. A rua estava extremamente quieta. Ninguém passava. Doc começou a ouvir música na cabeça. Teve a impressão de que eram violas e violoncelos. E tocavam uma música suave, tranquilizante. Doc comeu o sanduíche e tomou a cerveja, escutando a música. Ao terminar a cerveja, foi para a cozinha e tirou os pratos sujos da pia. Abriu a água quente, despejando algumas lascas de sabão sob o jorro, a fim de que se formasse a espuma, alta e branca. Pôs-se a recolher todos os copos que não estavam quebrados. Colocou-os na água quente cheia de espuma. Os pratos sujos estavam empilhados em cima do fogão, grudados pelo molho escuro e a gordura branca. Doc arrumou um lugar na mesa para pôr os copos limpos que estava lavando. Depois, abriu a sala dos fundos e pegou um de seus álbuns de música gregoriana. Pôs um "Pater Noster" e "Agnus Dei" no fonógrafo. As vozes angelicais e desencarnadas povoaram o laboratório. Eram incrivelmente puras e suaves. Doc trabalhou cuidadosamente, ao lavar os copos, tomando cuidado para evitar que os copos batessem, pois o retinido estragaria a música. As vozes dos meninos levavam a melodia para cima e para baixo, com simplicidade, mas ao mesmo tempo com uma riqueza intensa, como não existe em nenhum outro canto. Quando a música terminou, Doc enxugou as mãos e foi desligar o fonógrafo. Avistou um livro caído debaixo da cama, pegou-o e sentou. Por um momento, leu silenciosamente. Mas logo os lábios se entreabriram e pôs-se a ler em voz alta, lentamente, fazendo uma pausa ao final de cada linha.

Mesmo agora
Sempre ouço as vindas e falas dos sábios homens das torres
Onde passaram a juventude a pensar. E, escutando,
Não encontrei o sal dos sussurros do meu amor,
O murmúrio das cores confusas, em que deitados ficávamos,
quase adormecidos;
Eram palavras sábias, alegres palavras,
Lascivas como água, com o mel da ansiedade.

Na pia, a espuma branca esfriou e começou a baixar, as bolas espocando. Sob as docas, era maré alta e as ondas batiam contra as rochas que há muito não alcançavam.

Mesmo agora
Não me esqueço que amei ciprestes e rosas,
As grandes montanhas azuis, as pequenas colinas cinzentas,
O marulho do mar. E houve um dia
Em que vi estranhos olhos e mãos como borboletas;
Por mim, as cotovias alçaram voo do timo ao amanhecer
E crianças vieram se banhar em pequenos córregos.

Doc fechou o livro. Podia ouvir as ondas batendo contra as pilastras, podia ouvir os ratos brancos correndo freneticamente na gaiola. Foi à cozinha e verificou que a água na pia já estava fria. Tornou a abrir a água quente. Falou em voz alta para a pia e para os ratos brancos, e para si mesmo:

Mesmo agora
Sei que saboreei o gosto intenso da vida
Erguendo taças de ouro no grande banquete.
Apenas por um momento fugaz e esquecido
Tive plenamente em meus olhos, desviados de meu amor,
A torrente alva da luz eterna...

Doc enxugou os olhos com as costas da mão. E os ratos brancos se agitavam freneticamente na gaiola. E por trás do vidro, as cascavéis estavam imóveis, fitando o espaço, os olhos franzidos.

fim

EDIÇÕES
BestBolso

Este livro foi composto na tipografia Minion Pro Regular,
em corpo 10,5/13, e impresso em papel off-set no Sistema Digital
Instant Duplex da Divisão Gráfica da Distribuidora Record.